# 私たちの百年

## 惣ちゃんは戦争に征った

語り・貞刈惣一郎
文章・貞刈みどり

海鳥社

日本から中国・満州，そしてシベリアへ。惣ちゃんは戦争に征った

本扉写真＝佐世保・九十九島

## 迎春花

病床の戦友から迎春花の押し花が届いた。「牡丹江省穆稜（ムーリン）野山ニテ　昭和17年３月採取」とあった

**オキナグサ**　満州でいう迎春花とはオキナグサを指す。早春，霜柱の間から蕾を出し可憐な花を咲かせる。穆稜の東，綏芬（スイフン）河にて（深谷利彦氏撮影，「野の花が好き　山の花が好き」http://www001.upp.so-net.ne.jp/toshi54/）

上：昭和初期の国鉄羽犬塚駅　小学校を卒業した後，新聞配達をしながら工業学校に通った。毎朝3時，羽犬塚駅に新聞を受け取りに行った（『筑後市史』第2巻より）
下：三菱長崎造船所　工業学校を修了後，三菱長崎造船所で朝から夜まで油にまみれて働いた。暗号E800番，戦艦武蔵の建造にも携わった（三菱長崎造船所史料館所蔵）

上：満州547部隊第５中隊６班　召集され満州に向かった。ソ満国境の街穆稜郊外，満州547部隊。新兵器98式臼砲で戦う関東軍の秘密部隊であった（後列右端が惣ちゃん）
下：渡河演習　臼砲実射訓練，渡河演習，国境警備と新兵は鍛えられる。渡河演習は穆稜川で行われ，渡河後は20キロの重装備での30キロ行軍となる

# シベリア抑留

終戦も知らず昭和20年９月25日，捕虜となる。そしてシベリアに送られる

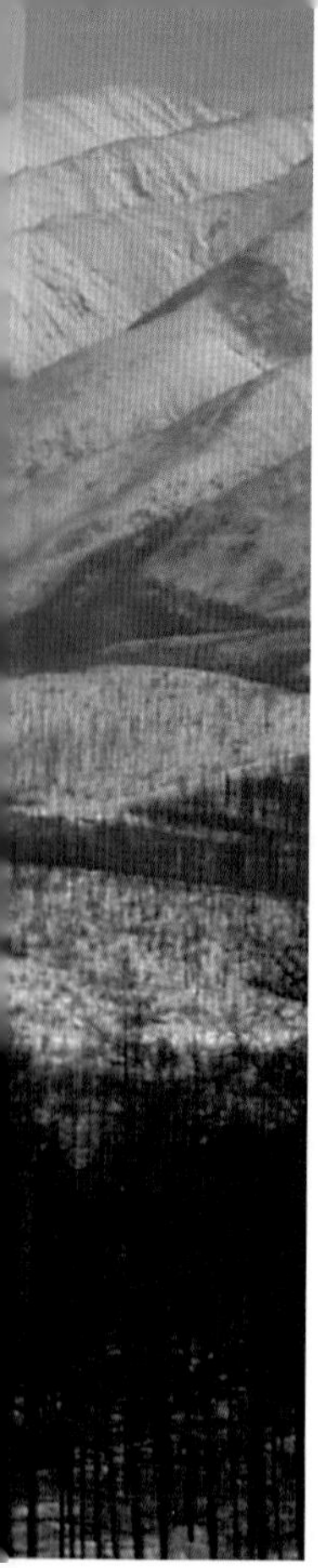

**上右：冬の強制収容所（模型）** ハバロフスクのさらに北方，タイガ地帯にある強制収容所を転々とする。向かって左側が居住棟である（舞鶴引揚記念館絵葉書より）

**右：収容所内の様子（模型）** わずかな食事が楽しみだ。黒パンのわずかな大きさの違いに言い争い，こぼれたパン屑も残らず食べる（舞鶴引揚記念館図録「母なる港舞鶴」より）

**上左：冬のバム鉄道** シベリア鉄道の北に計画されたバム鉄道。フルムリの厳しい環境下で線路工事などに従事した。この写真はさらに西方の現在のバム鉄道。Ｓ字にカーブしながら峠を越える（石川顯法氏撮影,「写真で見るロシアと旧ソ連の国々」http://www.asahi-net.or.jp/%7eri8a-iskw/）

上：伐採　大きな松を伐採して車に積みこむ。不注意は大怪我につながる
左：側溝掘り　線路に沿って側溝を掘る。寒くなると土は凍り石のように固くなる（以上２点，舞鶴引揚記念館図録「母なる港舞鶴」より）

## シベリアの大自然

シベリアの自然は大きい。6月，タイガの森に待ちに待った春がくる。アヤメやスズランなどが原野一面に咲き競う

右：ハバロフスク地方のタイガ　広大なタイガは，緩やかな起伏を見せながら地平線までつづく（武川俊二氏撮影）
上：岸辺の野花菖蒲（宮本亮氏撮影，「野生植物写真館」http://www.wildplants.sakura.ne.jp/）
下：（右から）霧のアヤメが原（越智伸二氏撮影，「Nature Photo Gallery」http://www3.famille.ne.jp/~ochi/index.html），スズランの群落（長野県・池上敏夫氏撮影）　＊以上の花の写真は国内で撮影されたもの

王貞治さんと一緒に　復員後，教師の道を歩む。太宰府に居を移してから筑紫児童図書館を開設。いろんなイベントも行った。巨人軍時代の王貞治さんを囲んで

史跡案内１万団体達成　先輩教師に頼まれてはじめた大宰府を中心とした史跡解説ボランティア。平成17年11月，熊本県菊水町史談会の案内が１万団体目となった

# 私たちの百年　惣ちゃんは戦争に征った◉目次

# 序章

# 迎春花

平成八（一九九六）年三月、「迎春花《インチユンホア》」と記された押し花の小さな額が、戦友の請川登君から届いた。

額に収まっている二本の草花は、すっかり色が褪せて褐色になっている。が、よく見ると、花芯から、ほのかな白さが感じられる。

「〝牡丹江省穆稜《ムーリン》※野山ニテ　昭和十七年三月採取〝　香川県観音寺市　請川登」と書き添えてある。

同封の手紙に、

貞刈君と別れた、あの場所、別れの握手をした所に咲いていた花です。戦後の苦しい生活のなかで、今まで、どれほど、この花に勇気づけられたことか。

この先、一年でも、二年でも僕より長生きしてくれるよう（後略）

と書かれていた。二本の草花が涙でかすんでしまった。

満州※（現在の中国東北部）の雪原に残雪をもたげて萌えだす、この迎春花、

牡丹江省穆稜　中国東北部、現在は黒龍江省のロシア国境の街。満州国東部の軍事戦略都市であった牡丹江市の東にある。

満州　正確には「満洲」。本来、地名ではなく清の支配民族マンジュ（満洲）に由来する。日本で満州と呼ばれる地域は、現在の中国遼寧省、吉林省、黒龍江省の三省と内モンゴル自治区の東部を指す。満州国は、満州事変の後、日本の関東軍の影響下に昭和七年建国され、昭和二十年の日本の敗戦とともに崩壊した。

いかにも雪のなかから生まれてきた感じで、葉や茎の全体が白い毛に覆われている。その葉の間から一二、三センチの茎を伸ばし、先にたった一つの花をつける。その花も外面は光沢のある白い絹毛をまとっている。紅紫色の花色がいい。凛として可憐だ。一つ、二つと開きはじめ、寄り添うようにして一面に広がっていく。

この花を見つけると、みんなで春がきたと手をとり合って子どものように喜んだ。少しずつ解けていく雪、その雪の下を、ちろちろと音を立てて流れる雪解けの水。そりゃ嬉しかった。寒々とした満州の広野に春が訪れるのだ。

日本では、この花をオキナグサ※と呼んでいる。

請川君が、この花をどのようにして持ち帰ることができたのか、あれから、どの部隊に所属して、どの戦地を回り帰還できたのか、すっかり音信も途絶えていたので、請川君からこの額が送られてきたときは、正直なところ驚いてしまった。

あのとき、請川君と別れた私は、さらにソ満国境の奥深く進み、日夜、国境警備に当たっていた。終戦も知らされず、参戦してきたソ連軍に包囲され、残されていたわずかの武器、兵力での抵抗も空しく、ソ連軍に連行され、シベリアに抑留された。

押し花の額を前に思いに耽っていたら、傍にいた小学生の孫が、

オキナグサ　キンポウゲ科の多年草。三月に地中から蕾をだす。花の中心部にメシベが多数あり、花びらが落ちると絹毛の綿帽子のようになる。満州で迎春花といえばこの花を指す。日本でも昭和三十年頃まで広く分布していたが、開発や乱掘などにより減少し、環境省の植物レッドデータブックでは絶滅危惧Ⅱ類にランクされている。

「おじいちゃんは、どうして戦争に行ったん。満州は遠いところ?」

と聞いた。

戦後六十年がたって、平和な世になった。しかし、私には、青春を戦争に奪われた多くの人々のことが、私自身に重ねて忘れられない。

第一章

# 長崎、福岡、そして東京

# 子どもの頃

私の祖父惣平《そうへい》は長崎県北松浦郡相浦町大字大潟免字大崎鼻（現在の佐世保市※相浦町大崎）で相浦炭坑を手がけていたが、大正八（一九一九）年の夏に失敗し、大きな借金を背負った。

そんな騒動のさなかの大正八年十一月一日に私は生まれた。家族は、祖父惣平、祖母シノ、父庄市、母キミエ、庄市の妹ハナ、私惣一郎である。

残務整理に残る祖父をおいて、家族五人は親戚の伝《つて》で長崎市飽《あく》の浦《うら》に転居した。父は、親戚の計らいで三菱長崎造船所に勤めることになり、社宅の近くに家を借り祖母と母は豆腐屋を開き、その傍ら、ささやかな雑貨を並べて商いをはじめた。

飽の浦は、長崎の市街地とは湾をはさんで、対岸に開けた造船所の町である。造船所の歴史は古く、明治二十（一八八七）年に三菱長崎造船所※となり、沿岸一帯の敷地を有していた。

職工さんが多く住む町での豆腐屋は、下町風情に適した商いのはずであった。

佐世保市　長崎県北部にある都市。人口約二十六万人。九十九島に面し、明治二十二年、大日本帝国海軍佐世保鎮守府が置かれ軍事拠点となる。第二次世界大戦後は海軍工廠を継いだ佐世保重工業の拠点として造船の街となった。現在はハウステンボスなどを擁する観光の街でもある。

三菱長崎造船所　江戸時代末期に、わが国最初の艦船修理工場「徳川幕府長崎鎔鉄所」として設立。明治維新で官営の長崎製鉄所となり、明治二十年から三菱所有となって本格的な造船所として発展。

だが、軍需景気で賑わっていた世の中は、第一次世界大戦の終結で、あっという間に冷えこんで、小さな商いでもうまくいかなかった。

私は四歳になっていた。誰もいない店先から凧を持ちだして幼な友達に配り、家の前の坂道を行き来して凧上げに夢中になっていた。いつになく母に大目玉をくらった。こんな寂しい思い出が、たった一つ、この町に残っている。

大正十二年、祖父が亡くなった。酒びたりの毎日であったと聞いた。そのあと間もなくして、造船所に勤める父を残し、家族は母の実家のある福岡県三潴郡木佐木村（現三潴郡大木町八丁牟田）に移った。

県道沿いなので、また豆腐の店をだした。人通りが多く、馬車引きのおじさんが揚げ豆腐を五つも食べていくと、母が楽しそうに話していた。揚げたての豆腐に生醤油をかけて食べる素朴なもので、働く人には栄養満点の食べ物だった。結構、繁昌していたというのだが、また店を閉めた。

しばらく住んでいた木佐木村から、八女郡岡山村今福（現八女市※今福）に移る。知人の紹介で、今度は農業という地についた仕事である。

桃や柿を栽培していた農家がブラジルに移住するので、田畑、家、小屋、農具一切を貸すというのだ。家財道具もおおかたをそのまま使ってよいとの話。間どりも、それなりの家であった。

八女市　福岡県南部、筑後地方の街。八女茶や電照菊などの農産物、仏壇・提灯・和紙などの伝統工芸品の産地である。五二七年、大和政権に反旗を翻した筑紫国造磐井の墓（岩戸山古墳）などの史跡も多い。古代から開けた土地であった。

長崎から、急ぎ下見に帰ってきた父は、納得してすぐにきめた。出稼ぎ状態の今の生活が変えられればと思ったのだろう。桃畑の真ん中の一軒家だった。近くに四、五軒の家があるが、どの家も雑木林や黄櫨《はぜ》の木、山畑に囲まれ、人里から離れていた。知り合いもないなかに、ぶらりと入りこんだ私たち一家を集落の人は温かく迎えてくれた。

一年生になったばかりの私の通学は容易なことではない。雑木林を抜け、山畑のなかの道を一里半（約六キロ）通うのである。母方の祖母ヒデが見かねてひきとり、近くの木佐木村立木佐木小学校（現大木町立木佐木小学校）に入れた。

父も、慣れない百姓仕事だったが、祖母や母と一緒に、近所の人にいろいろ教えてもらい懸命に働いた。やがて一年になろうとしていた。その矢先、予期せぬことが起きた。前触れもなくブラジルに移住していた一家が帰ってきた。向こうでの仕事がうまくいかず、慣れない土地に疲れ果てて、ほうほうの体だという。一日も早く家を開けてくれとの催促である。

三潴郡木佐木村に建てた家は、すでに人に譲っていた。途方に暮れていると、近所の人たちが、

「せっかく移ってこらしゃったけん、どうにかしますたい」

と話し合って、近くにその場凌《しの》ぎの家を建てることになった。材木が運ばれ、

一間きりの家が半月で建ち上がった。風呂は外に五右衛門風呂※が据えられ、落葉や雑木の枯れ枝を焚《た》いた。パチパチと勢いよく燃えた。星を眺めながら風呂に入った。

家のなかは二つに仕切られ、土間には土を捏《こ》ねて作ったかまどが据えられ、七輪が一つ置いてあった。部屋の方には畳代わりに厚手の筵《むしろ》が敷かれた。入口には戸もなく、荒筵が下げられた。

夏場のしばらくは、この掘立小屋で凌げるだろう。このために父は遠縁の人にまた借金をしたと後で聞いた。その上に仕事もなくしたのである。家族を置いて、また長崎に出稼ぎに行った。村では農家の大方が養蚕の仕事をしていたので、母は二坪ばかりの小屋を足して、養蚕※用の筵を織り家計を助けた。

母方の祖母ヒデのもとから、木佐木小学校に通っていた私に、ヒデの躾《しつけ》は容赦なかった。食事のときにぐずぐずしていると、

「なんか不平言いよろう」

と手の甲をつねられ、

「分かったね。よう覚えとかんと」

と念を押された。

上り框《かまち》に駆け上がると、傍にある花茣蓙《ござ》織機の棒でぴしゃりと叩かれ、ひっ

**五右衛門風呂**　ここでいう五右衛門風呂とは、鋳鉄製の風呂釜を下から直火で焚くもの（長州風呂）を指す。起源は古く十二世紀にさかのぼるともいわれる。焚いているとき風呂釜は熱くなるので、浮いている底板を上手く沈め、その上にしゃがんで湯につかることになる。

**養蚕**　蚕は桑を食べて発育する期間「令」、食べずに脱皮する準備期間「眠」を交互に繰り返し、五令で成熟する。粗い板枠の上に新聞紙を敷き筵を重ね、藁製のまぶしに蚕を置き繭を作らせる。

くり返っている下駄を揃えさせられた。

ヒデは、日がな一日、家の入口の土間に据えられた花茣蓙織りの機《はた》に向かい仕事をしていた。掛川茣蓙※を作るのが上手で、わざわざ注文にくる人もあった。夏場は初盆にかならず新しいものを敷くので、特に忙しかった。働き者で、几帳面、きれい好きで、板の間や上り框も、ぴかぴかに拭き上げられていた。

「三つ子の魂百までという。惣一のためたい。めそめそ泣かんでよか」

外孫を預かって気が張っていたのだと思う。

夏休み、冬休み、春休み、ときには土曜、日曜にも八女の家に帰ってきていた。三年生になろうとしていた。

家のなかをそうっと覗きにきて、私がいると遊びに誘ってくれる子どもがいた。近所の同じ年のハルミ君と二つ下の弟のカツキ君である。野原を駆けて、棒切れを持って忍術ごっこをするのだ。ヒデの家の周りは家が建てこんで広場もなかったので、このときとばかりに、喜んででかけ大暴れして遊んだ。

へとへとに疲れて三人で藁《わら》小屋に入り、寝転んだ。ふうっと両手を伸ばしたとき、ふと起き上がったカツキ君がマッチを擦った。

「アチィ」

と言うなり火のついたマッチ棒を投げた。囲ってあった藁に火がついて、めらめらと炎が這いずり回った。

掛川茣蓙　筑後地方一帯で織られている花茣蓙。独特の横縞の柄は緑や赤、黄緑などのはっきりとした色合いの上等なものである。独特の織り方を掛川といい、国の重要無形文化財に指定されている。近年はインテリアとして見直されている。

「ウワァー。ウワァーウワァー」

声にならない声をあげて家の方に走った。大人が集まってきたときには、藁小屋は全焼してしまっていた。畑の真ん中だったのが幸いした。

やがて巡査さんがやってきた。

「この悪さ坊主どもが」

と言うより早く、こっぴどく殴られた。

親たちは、駐在所に連れて行かれ始末書を書かされた。

しばらく、しょんぼりしていたが、夏がきて元気になった。この村里には川がないので、あちこちに堤と呼ぶ農業用の溜池があった。すぐ近くにも三段堤といって、三つの溜池が連なっていて、夏は、子どもたちのよい泳ぎ場となる。

「栓のとこには近寄らんとよ」

親たちは口酸っぱく言い聞かせた。

溜池の栓の所からは、いつも水が流されていた。田んぼの用途により、栓の開け方は左右される。水は栓口に向かって流れる。開け方が広いと水の流れは速くなり、水量も多く、大人でも吸いこまれそうになるのだ。だが、親たちは忙しい。子どもの水泳ぎにまで構ってはいられない。

その日、泳ぎには自信満々のカツキ君が、いつものように勢いよく飛びこんだ。飛びこみ場でしばらく水面を見ていたハルミ君と私は、カツキ君の体が浮いてこないのに血の気が引いた。半泣きになって叫んだ。

「カツキ、カツキ、カツキー」

カツキ君のお母さんは、死んだカツキ君を背中にくくりつけ、

「私が悪かった」

と頭を下げて、とぼとぼと家々を回られた。

池の端に茂っていた蓮に、七月の朝、ぽっかりと淡い桃色の花がいくつも咲いた。


小学校五年生の春、ヒデのもとから八女郡岡山村今福の家に戻った。母は日雇いの仕事にでていた。茶摘み、田植え、草取り、稲の収穫どきなど、地主さんの家に一年契約で雇われることもあった。朝早くでかけ、特に秋の取入れの時季は晩方になることもある。私は、そんな母に代わって、家事をする祖母シノの手伝いをした。夕食の用意、風呂沸かし、小さい妹の世話など、また近くの雑木林に薪《たきぎ》もとりに行った。たった一間の狭い家だが、掃除も毎日した。これはヒデ婆ちゃんに教えられたことである。

庭先に草花も植えた。撫子《なでしこ》は父の好きな花である。赤、深紅、白と咲き盛る花とともにときどきの父の帰省を楽しみに待った。「福砂屋のカステラ」と父

の土産はきまっていた。

岡山小学校に通うようになって、一カ月になろうとしていた。二、三日雨がつづいて洗濯物が乾かず、中又《さるまた》（現在のパンツ）をはかずに登校した。中又の替えなどいく枚も持っていなかったから。

ところが雨が上がり、午後の体操が時間割りどおりにあるという。内心大慌てしたが、どうしようもない。都合よく、従兄弟のおさがりの、丈の長いランニングを着ていたので、うまく下半身を隠すことができた。長い一時間だった。

動作がにぶいのを担任の橋爪先生は察しておられたのかもしれない。校庭の北寄りに、大きな樟の木があった。友達が校舎に駆けて行くのに、なぜかついて行けず、木陰に突っ立っていた。

「少しは慣れてきたか。さあ、教室に入るぞ。駆け足……」

と声をかけられた。優しく温厚な先生であった。

校舎のすぐ横に山の井川が流れている。水量豊かに、いつもざあざあと水音を立てて流れていた。

まもなく校歌も覚えた。

龍頭山上空澄みて
流れもつきぬ山ノ井の

川のほとりに立ち並ぶ
これぞ岡山小学校

近くに岡山山《おかやまさん》がある。山頂近くに、龍の形をした松の大樹があり、尊敬に価するほどの枝振りだった。そのことから、この山を龍頭山とも呼んだ。明治四十四年十一月十一日、明治天皇行幸※の際の御野立所になり、村人の一つの誇りであった。

先生に声をかけてもらったことや、校歌をそらんじることで、急に元気になった。

※明治天皇行幸　行幸とは天皇が外出すること。御野立所とは行幸されたときに休息をとられた場所。

## 水本先生

六年生になると、母に頼まれて買い物を手伝うようになった。米、味噌、醤油、ときには豆腐や揚げ、竹輪などもあった。母が朝、仕事にでかける前に紙に書いて、お金を置いていく。私は学校から帰ると急いで買い物に行く。行きつけの「浜武商店」まで約三キロはある。

でかけようとすると、下の弟武幸がついてくるという。四歳になったばかりだ。手をつないだり、ところどころでは少し背負ったり、駆けっこをしたりしながら店に着いた。

　私が醤油を計ってもらっている間、弟は店先に立って、そこに並べてある駄菓子をじっと見ている。聞くとハマグリの貝殻に入った飴※が欲しいという。今日はお金がないから、と言いきかせて店をでた。

　少し行ったところで立ち止まって動かない。べそをかいている。飴が欲しくてついてきたのだと思うと可哀相になった。そうだ、店のおじさんに言って借りにしてもらおうと思いつき、弟を待たせて店に戻った。

「おっちゃん、おっちゃん」

とおじさんを呼んだが、奥に入ったのか、なかなかでてこない。店に誰もいない。一瞬、私は、その貝殻の飴を一個握って駆けだしていた。

大喜びで飛び跳ねる弟を連れて家路を急いだ。弟の喜びとは裏腹に、私の心は沈んだ。今度行ったときに、おじさんに話して飴代を払おう。いや、はじめてこんなことをしたのに、いつもやっていたのではないかと、逆に疑われるだけだ。黙っていよう。いつも買い物しているのだから、これくらい負けてもらってもいいのではないか。いや、やっぱり勝手な考えはよそう。ああ駄目だ。

　夜、ふとんにもぐっても、嫌な思いに胸がつかえた。

　弟の正幸は大正十五年生まれだから、私とは七歳違う。小柄だが、体のよく

飴　当時、ハマグリの貝殻に、ニッケの入った黒砂糖の柔らかい餅状のものがつめられた菓子があり、人気があった。

動く元気な子どもだった。小さい頃から冬になると二人でよく黄櫨《はぜ》の実拾いをして小遣いを稼いだ。

大人が高い黄櫨の木※に梯子をかけて登り房実をちぎる。冬の北風にあおられて下に敷かれている筵に真っすぐに落ちず、辺りの茶畑や低い雑木に引っかかる。大人たちが筵の実だけを片づけて次の畑に移ると、待ってましたとばかりに辺りの黄櫨の実を拾い集める。

日曜日には、朝早くから唐米袋（米一斗が入る麻袋）を引きずって畑を次々回る。弟は茶畑のなかや、低い枝木にもとびついて上手に黄櫨の実を拾ってくる。袋いっぱいになると、仲買人に持って行った。

黄櫨の木　東南アジアから東アジアの温暖な地域に自生。日本には実から木蠟（もくろう）を採取する作物として江戸時代に琉球から持ち込まれた。木蝋は和蠟燭はじめ化粧品、クレヨンなどの原料として利用される。秋には美しく紅葉する。

夏、三段堤を業者が借りて鯉の養殖をしていた。大雨が降ると、よく池のアマシといった水口から池の水と一緒に鯉が流れでて、その下にある田んぼの溝で泳いでいたりした。

昼から降りだした雨は、夜になって大雨となった。

「あんしゃん。明日の朝、鯉とりに行こう。田んぼの横ん溝に鯉が落ちてくるばん。先生に持って行こう」

と弟が言う。先生とは水本先生のことで、この頃、集落の世話もされていた。

夜明けを待って二人ででかけた。魚とり用の笊《ざる》を溝に入れ、ゆするようにして水のなかを歩いていくと、案の定、大きな鯉がかかる。バケツからはみだしそうだ。

早目に家をでて、登校の途中にある水本先生のお宅に届けることにした。弟は威勢よく先生の家の玄関の戸を叩き、

「先生、ゆうべの大雨で鯉がとれたので持ってきました」

「おう、おう、これは大きいのう。重たかったろう」

先生は、いささか驚いた様子だが、満面の笑顔だ。


高等科※になると畑作りも手伝った。

その夏は西瓜《すいか》がよくできた。夏休みに入り、母と二人で売りに行くことにした。というのは、よくできたといっても素人作りだ。市場に持って行っても、形も揃わず二束三文に叩かれる。それなら、いっそリヤカーに積んで売りに行ってはと思ったのである。

山畑のなかを歩きつづけて五キロぐらいで、やっと人家が見えた。羽犬塚の町である。この町は久留米市と大牟田市の中間にあり、日清製粉の工場やラサ工業の工場といったいくつかの工場があり、国鉄（現在のＪＲ）羽犬塚駅が町のほぼ中央の位置にあった。駅前通りを片側に寄って町なかに入った。私が引いて、母が手助けの形でリヤカーの引き手の端を握り、並ぶようにして歩いた。

高等科　当時の学制では、六年制の尋常小学校と、二年制の高等科も加えた尋常高等小学校があった。経済的にも比較的恵まれている一部の生徒が中学校や師範学校、実業学校（工業学校や商業学校）に進学した。その他の多くの生徒は高等科を卒業して農業などに従事した。

「惣ちゃん、はよう、おらばんね」

と母が言う。

「おっ母《か》しゃんがおらばんの」

二人はぐずぐずしながらリヤカーを引く。引く手の方に力が入り、急ぎ足になる。とうとう、ひと声もかけずに町なかを抜けた。

　羽犬塚の町から三潴郡木佐木村の母の実家まで六キロ余りある。二人はただ黙って歩いた。母は祖母ヒデに頼むしかないと思ったのだろう。機嫌よく迎えてくれたヒデは、すぐ隣近所に声をかけて回った。西隣からも向かいからもおばさんやおじさんが寄ってきた。ヒデは西瓜を割って、

「食べてみらんね。小さかつも味はよかよ」

とすすめた。母は嬉しそうに代金をもらっていた。

「惣一、一太郎おじさんにも言ってこんね」

と四、五軒先まで走らされた。おかげで西瓜はみんな売れた。

すっかり疲れていた私は、

「ありがとう」

とぼそりと言って、冷たい麦茶を一気に飲み干した。


　高等科二年のはじめになると、修学旅行の話で教室は賑わった。話に加わり

ながら、母から旅費がないと言われていたことが頭から離れず、どうせ行けないのだからという気もあって、寂しかった。

ある日、恥ずかしさをこらえて、修学旅行には参加しないことを担任の水本先生に話した。

「心配するな。先生が連れて行く」

と旅費に加えて小遣いまで用意していただいた。佐世保軍港の見学であった。友達には、そんな素振り一つ見せず旅行は終わった。そのとき心に思うことがあった。

「水本先生のような、心の温かい先生になりたい」

家の事情とはいえ、長崎から八女の村里まで、転々と移り住むことになった父方の祖母シノは、山あいの湿っぽい暮らしになかなか慣れないのか、暑い日がつづくと、

「浜風が懐かしかね」

と言った。

シノは長崎県西彼杵郡高島村（現長崎市高島町）で生まれた。実家は代々教会の神父をつとめていた。先祖は、江戸時代のはじめ、島津藩の十家老の一人であった。金松という。キリスト教徒であったが、当時の禁教令※に服さず、追

禁教令　天文十八年、フランシスコ・ザビエルは鹿児島に上陸してはじめてキリスト教を日本に伝えた。多くの信者を得たが、天正十五年、豊臣秀吉はバテレン追放令をだす。そのとき秀吉は島津攻めのために筑前箱崎（現福岡市東区）にいた。箱崎ではじめてポルトガル船に乗ってその威力を知り、将来の危険を察知したともいわれている。江戸時代の当初、徳川家康はキリスト教を黙認していたが、信徒数が数十万人に及び関東・東北地方にまで広まったことから慶長十九年に禁教令を発布し、その後は厳しい弾圧を行った。

放されて高島※に移り住んだ。シノの兄は村の尋常高等小学校の校長をしていた。

高島は一・二平方キロの狭い島だが、海底炭田から良質の石炭がとれ、それにより町は栄え、暮らし向きもよかったそうだ。祖父惣平は独立前、高島炭鉱に勤めていたことからシノと縁があった。

シノはおとぎ話でもするように孫たちに話をして聞かせた。

高島は暖かな島よ
雪も降らない
霜もおりない
夏には、ざわざわと寄せてくる波が
涼しい風をもってくる
浜風たい
浜辺でわかめを拾い
貝を掘り
魚をとる
食べきれんごと　なんでもあるよ

顔をほころばせながら、

高島　長崎港の南西一五キロにある面積約一・二平方キロ、人口九百人の離島。江戸時代に石炭が発見され、慶応四年、トーマス・グラバーと佐賀藩の合弁により高島炭鉱が本格稼働。明治十四年には三菱に譲渡される。三菱は高島炭鉱の利益をもとに事業を拡大したといわれている。昭和五十一年、炭鉱閉山後、磯釣り公園や海水浴場などが整備され観光地となっている。

「米がとれんけん、唐芋がごはん代わり。赤子のときから、それで育っとるけん、それが当たり前、なーんの不自由もなか」と。

島の中央の緩い丘の上に教会が立っている。美しいレンガ造りの教会だ。朝日、夕日に照らされて、ステンドグラスの窓は宝石のように輝く。すぐ横にシノたち一家の住む、神父の小さな家がある。島の家は、風をよけるためにどこの家も低かった。

現在の高島教会（長崎市高島町）

「教会と家の間にアコウの樹※があったが、今も、あのアコウの樹は残っているかねー」

と、話の途中で空を見上げていた。子どもの頃、遊び疲れて、アコウの大樹の陰で昼寝でもしたのだろうか。海からの風は、どんなささやきを耳もとに残し、吹きすぎたのだろう。

長崎を離れてから、シノは一度も島を訪ねることはなかった。ある日、弟に添い寝しながら、家の者が気づいたときには、事切れていたという。長崎

アコウの樹　九州や沖縄などの海岸地帯に自生するクワ科の常緑高木。枝や幹から気根を垂らし、葉はガジュマルより大きい。食用にもなる赤い果実が枝にたくさんつく。

にいたとき、二歳になったばかりの私をおんぶして、一度だけ里帰りをしたことがあると話してくれた。

母は日雇い仕事の合間に二反余りの田んぼを借りていた。父の留守中、姑に仕えながら、細い体でよく働いた。朝、目覚めるともう母はいない。手伝いしようと思って走って田んぼに行くと、

「よか、よか、はよう学校に行かんね」

と、せっせと田の草取りをする。

田んぼの溝を埋めて、赤まんまの花が咲く。稲の穂が揺れてきて、やがて収穫の日がくる。

その年は順調な天気に恵まれて稲は上出来だった。父の古着の案山子も、そろそろ用済みとなる。子どもたちも勇んで稲刈りの手伝いだ。孟宗竹を簡単に組んだ稲架《はさ》を立て、稲束をかけて乾燥させる。稲扱きの済んだ農家から脱穀機を借りてきて作業をした。小さな家のなかに十二俵の籾俵《もみたわら》が積まれた。

「みんなご苦労さん」

母は、そう言いながら、ふいに涙ぐんだ。てっきり籾俵を積み上げた喜びとばかり思った私は、

「よかったね。もう、お米の心配はいらんばい」

と誇らし気に言った。だが、言葉の終わらないうちに、

「明日は、これを地主さん所に届けにゃならん」と母。

家には三俵ぐらい残るらしい。

翌日、大八車に籾俵をのせて地主※さんの所に行った。下ろし終えて、おじさんが、

「はい、この一俵はお駄賃」

と荷台の真ん中に籾俵を置いてくれた。

私は、ぽかんとして、おじさんの顔に見入った。嬉しさのあまり礼を言うのを忘れてしまった。

今まで、毎日、その日の米を一升ずつ買いに行っていた。前日の母の日雇いの金のなかから、一升分の金が置いてあった。米屋のおじさんから、

「せめて五日分ぐらい買わんとなあ」

慰めに似た言葉をかけられていた。それだけに、とても嬉しかった。

## 希望

昭和九年三月、岡山村立岡山尋常高等小学校高等科を卒業と同時に、四月一日付で、羽犬塚町通町にある九州日報（現在の西日本新聞）羽犬塚販売店に住

地主と小作人　小作人とは地主から農地を借りて耕作する人を指し、小作料は地主に払う小作地の使用料。ここでは米による物納によっている。

みこみ店員として就職した。

住みこみ店員は、私と後藤君、筬島君《おさじま》の三人で、いつも同じ時間に起き、同じ時間に寝るようになっていた。早朝三時に羽犬塚駅に新聞を受け取りに行く。折りこみ作業をしたあとで配達にでる。

まず羽犬塚町内は小走りで一時間かかる。そのあと販売店の自転車で、町の北部の西牟田、大溝、木室などの村々の、だいたい二〇キロぐらいが一人の範囲となっていた。約二百部だが、新聞をとる家が少ないので、部数の割に広い範囲を配り、雨の日には四時間かかることもあった。

昼間は集金をする。勧誘もしなければならない。朝が早いので、顔を合わすことのない得意先に立ち寄り、お礼を言ったり、つづけての購読お願いをしたりと声をかける。

自転車の手入れも昼間の仕事の一つだ。磨いたり油をさしたり、結構時間をとる。手入れをしたつもりでも、もともと古い自転車なので、急ぐときほど、よくチェーンがはずれて泣きたい思いもした。

自分の自転車が欲しかった。通りがかりに自転車店を覗いて値段を確かめた。五十円から七十円の値札がついていた。よし、節約してお金を貯めて自転車を買おう。

大好きな焼饅頭を夜食に十個買っていたので六個にした。後藤君と筬島君も協力してくれた。三人で順番に買い、一人二個ずつ分け合った。一個三銭だった。家に帰る軌道賃五銭も、歩くことで浮いた。ときどき買っていた立川文庫※(ポケット版)十銭も貯金箱に入れた。

節約の甲斐あって、一年二カ月後、とうとう自転車が買えた。伯母さんの家が自転車店だったので、都合よく中古車でいいのがあれば、と頼んでいた。中古といっても「宮田」の自転車だ。新車同様に磨き上げられていた。しかも二円ずつの十回払いにしてくれた。

砂利道を歌いながら走る。木枯らしがびゅんびゅんとなる。夜明け前の暗い道に車体が光る。ぐっと踏みこむと体が浮きあがるように軽やかだ。ぬかるみにくると、泥んこにならぬよう、思わず両手で自転車を抱え上げた。

ずっしりと重かった。

二年がたち仕事にも慣れてきたので、働きながら学校に行きたいと思った。高等科の級から五人が中学校や工業学校に通っていた。新聞配達の途中ですれ違ったりすると、きちんと学帽、制服姿で、いかにも勉強しているといった感じが羨ましかった。

昭和十一年四月七日、同じ町にある県立八女工業学校専修科に入学した。本科とは異なり一年間で修了する速成科だが、嬉しかった。朝刊を配り終えて走るようにして学校に着く。気持ちだけは張り切っているつもりだが、授業中に

※立川文庫　大正時代、少年たちを虜にした講読本シリーズ。講談をもとに自由な創作を加えたもので「猿飛佐助」や「霧隠才蔵」は少年たちのヒーローとなった。川端康成や松本清張も熱中したという。

眠気がさし、腿のあたりを強くつねってみても収まらず居眠りした。母は担任の先生に呼びだされ、注意を受けた。

「学校をつづけたいなら新聞販売店を辞めるしかないね」

と母と話していると販売店主が、

「私が担任の先生に会ってきましょう」

とでかけて行き、早朝三時からの仕事、苦学生の立場や向学心を伝えてくれた。おかげで私は学校も職場も辞めずにすんだ。十六円の給料※を母に渡すときの喜びには代えられない。母の喜びは私の喜びでもあった。


昭和十二年三月二十二日、専修科を修了し、三菱長崎造船所造機部で職工として働いていた父のすすめで、長崎造船青年学校本科三年に編入した。

ここでも新聞販売店と同じように午前中働いて、午後、学校に行くのである。朝七時からの造機部での仕事は巡洋艦羽黒のエンジンの修理である。造機部で修理したものは、構内に設けられたレールによりクレーンの所まで運び、クレーンで横づけされている船に下ろす。昼休みの一時間には、ときどき船内に入って、エンジンの設置状況を見学した。新造貨客船鴨緑丸にも携わった。午後、三時間学校に行き、また職場に戻って夜九時頃まで働く。

ディーゼル・エンジンのクランクシャフト部分の外蓋を荒削りする工程が持

給料　当時の物価は、鉛筆三－五銭、英和辞典二円五十銭、鶏卵三十銭、白米二円五十銭（一〇キロ当たり）、日雇賃金一円四十銭など（週刊朝日編『値段史年表　明治・大正・昭和』朝日新聞社）。

戦前の三菱長崎造船所　左上の工場に惣ちゃんが働いていた造機部があった。造った機械は中央のクレーンで岸壁に係留された船に取り付けられた（三菱長崎造船所史料館所蔵）

ち場だ。二メートルぐらいの大型旋盤が回り、油が飛びちる。毎日、真っ黒の油にまみれながら働いた。

二年目に入った。造機部のある飽の浦工場から南に一キロ離れた場所には立神工場の船舶部がある。その船台の一つが、いつからか大きなスダレのようなもので目隠しされた。

「隠蔽《いんぺい》されているのは、大きな船台だ。あの様子では、とてつもなく大きな戦艦が造られているらしい」

と、街中の噂になった。その戦艦の「E八〇〇番」と印されたエンジンの蓋は鋼《はがね》鋳物で造られていた。鍛錬・製造過程の段階での最後の機械仕上げは老練な技術者が当たる。職場では「おやじさん」と呼んでいた。

十月、この精密工程で検査官の不合格がでた。寸分の誤差も許されないと常におやじさんは檄を飛ばしていたのに……。

技士長もやってきた。

おやじさんの顔は見る間に引きつり、真っ青になった。居並ぶ工員も同じで、見習い工員の私は、その雰囲気に体中ががたがたと震えた。徒弟制度の厳しさ、老練な工員に殴られて、体に刻みつけていく技術の大切さが身に沁みた。

いろいろな事件や事故もあったが、この戦艦の突貫工事に、所内は日増しに慌しさを増してきた。

E八〇〇番と呼ばれていたその船は、誕生しつつある戦艦武蔵※であった。

仕事はきつかった。なにかにつけ殴られる自分の不器用さにうんざりした。機械に挟まれて死んだ同僚がいた。きつさに耐え切れず工場先の海に飛びこみ自殺した友人もいた。

日増しに工員生活に嫌気がさしていたとき、造船青年学校の三年先輩、坂井さんが、早稲田大学法学部に合格し上京された。親切に面倒を見てくれた坂井さんがいなくなり気落ちしたが、同時に私も先輩のように、東京に行って勉強をしたいという希望が湧いてきた。

どんなに仕事がつらくとも、まず造船青年学校を卒業することが肝心である。卒業まで、ただ黙々と働いた。東京へと心は弾む。だが、同居している父の姿

**武蔵**　三菱長崎造船所で建造された当時世界最大・最新鋭の大和型戦艦。基準排水量六万五〇〇〇トン、全長二六三メートル、乗員約二三〇〇名。昭和十三年に起工、十七年八月竣工。翌年二月には連合艦隊旗艦となる。昭和十九年十月、ブルネイからレイテ島に向け出撃するが、同月二十四日、アメリカ軍の攻撃により魚雷二十発、爆弾多数を受け沈没。

を見ていると、どうしても、この話は切りだせない。

父は香焼島造船所で働いていた。大波戸港から連絡船で通勤していて、夜勤などはなく、職工としては恵まれていた。機械の組立部と言っていた。

父と私は飽の浦にある父の叔母の家に下宿していた。洗濯その他よく世話してもらった。賄いつきで、叔母は父の好みの魚を心得て、鮮度のよいという水の浦市場まで、しょっちゅう買い物に行っていた。鯵や鯖の煮付のおかずが多く、鰯の味噌汁が好きな父は、食事どきは機嫌がよかった。

**戦艦武蔵**　造船所の仕事も２年目に入り，Ｅ800番と暗号で呼ばれた戦艦武蔵のエンジン部品製造に携わった（三菱長崎造船所史料館所蔵）

それに引きかえ、味噌汁ならアラカブなどの白身魚を好んだ私は、そこに居合わすだけでも苦手だった。食物の好みも性格も正反対である。手先が器用で職場でも優遇され、重宝がられる父と、いつも先輩工員にどなられ殴られている私。油に汚れて真っ黒になる体のように、心のなかも暗くなっていくばかりであった。

昭和十四年三月一日、造船青年学校を卒業した。それをきっかけに、とうとう父に、自分には、今の仕事は向いていないと切りだした。

「よければ東京に行きたい。苦学して、教師になりたい……」

言い終わらないうちに言下に拒絶された。

「長崎では三菱造船所が一番大きい。いや、日本でも一番だ。こんなよい所に入ることができたのになにを言う。一、二年で仕事が分かるか。辛抱せい。そのうちに体が仕事を覚えていく。技術が身につけば、一生安泰だ」

ふだん無口な父が大声をだした。

「学校の教師になりたいと……」。そんな、ちっぽけなことを言うな。造船の仕事は大きい。技術は身を助ける。どんなときでも食いはずすことはない」

父の自負心は強い。今の暮らしを支えているものは、すべて〝技術〟、体で覚えた技術との思いがあるのだ。

三菱長崎造船所の長崎市における地位は絶対的ともいえるものがあり、造船所の景気そのものが市の景気となっていた。

街の人は造船所で働く人たちを「会社のひと」、県庁で働く人を「県庁の者」、市役所で働く人を「市役所の奴」と呼んでいた。市民が三菱の造船所を日本一と誇り、いかに信頼していたかを示す言葉である。

たとえ職工であっても、父なりにエリート意識がある。

話を黙って聞きながら、胸のうちでは上京した坂井さんのことを考えていた。どんなに立派な会社でも、離れていく人もいる。私には向いていないのだ。どんなに苦労しても、かなえたい夢がある。

しかし、私を技術屋にと願って、同居し、学校までいかせてくれた父には申し訳ない。まして、送金できなくなる母には、もっとすまないことになると思う。でも、自分の夢もかなえたい。

上京に際して先だつものは金である。

給料からの天引きで買っていた戦時国債証券※があったので、知り合いの質屋さんに持って行った。下宿先の父の従兄弟の金松さんと、質屋のおじさんは親しくしていた。金松さんに連れられて、何度も遊びに行っていたので話しやすかった。父には内緒で上京すること、父がすっかり怒っていること。後でなんとかとりなしを……と。

「東京行きの汽車賃にしたいのです。買ってください」と頼むと、

「それなら私の餞別も含めて」

と二十円を都合してくれた。長崎から東京までの汽車賃は十二円、少しは貯金もあったので、当座はなんとかなるだろう。

戦時国債証券　昭和十二年、日中戦争がはじまると多額の戦費が必要となり、戦費の一部に充てるための国債（軍事公債）が発行された。特に戦費調達のための「臨時資金調整法」が施行されると「貯蓄債券」や「報国債券」という国債が発行され、国民は購入を求められた。

# 東京

卒業して十日後、上京することにした。夜の灯りをあとに、夜の十一時発の夜行鈍行列車に乗りこんだ。大村線回りで早朝に門司駅に着いた。門司港からの関門連絡船に乗るために足早に歩いた。道の両側には、もう、うどん屋やめし屋などが店を開けていて、立ち食いする人の姿もあった。

下関から二昼夜をかけて東京駅に午前四時頃着いた。春とはいえ、朝の早い東京はまだ肌寒かった。駅員さんに宮城（現在の皇居）の場所を尋ねた。真っすぐの道ですぐに分かり、楠木正成の銅像の下で、しばらく休むことにした。冬物のコートをとりだして羽織った。

午前八時を回ったので、仕事を探すために飯田橋国民職業指導所に行った。係の指導員に、長崎で働いていたが、働きながら早稲田大学の二部に通っている先輩がいるので、私もそれに倣いたいと思って上京してきたことを話した。指導員はしばらく調べていたが、今、召集令状※の宛名書きの仕事がある、と言った。が、身元調査のために一週間から十日を要するという。採用連絡があるまで、ここで待つようにと、宿泊所まで世話をしてくれた。

宿泊所は、赤坂伝馬町の静かな住宅街で、老婦人の独り暮らしの家であった。

**召集令状**　強制的に国民を一定期間軍隊に徴集する制度を徴兵制度といい、日本では明治六年、国民皆兵を目指す徴兵令がだされ、のち兵役法になったが、昭和二十年の終戦後、廃止された。召集時に来る命令書「召集令状」は赤いので、「赤紙」と呼ばれた。

三畳間の一部屋に泊めてもらうだけで、食事は外食、風呂は近くの銭湯にでかけた。

二軒隣は、名優片岡千恵蔵の妾宅とかで、昼間からピアノの音が聞こえ、ああ、これが東京なのかなあと思った。向かいの通りには、有名な「とらや」の羊羹の店があり、真っ白な上被りをきちっと着た職人さんが出入りするのが見えた。甘いものが好きで、長崎の「福砂屋のカステラ」と「とらやの羊羹」は知っていた。こんなに近くにきたのだから母に羊羹を送りたいと思った。


一週間して通知がきた。

青山一丁目にある麻布連隊区司令部筆耕部雇いである。十畳ぐらいの動員室で召集令状の宛名書きをする。筆記道具はガラスペンで墨汁（黒インキ）ときまっていた。他に夜学生の青木さん、和田さんがいた。後ろに係官が目を光らせて監督していた。

絶対に間違いは許されない。人の一生に関わる大事な令状だ。一字一字を丁寧に書いた。書いた用紙を集める係がおり、専門部門を経て市町村の役場に発送されるという重要な仕事だと、口やかましく聞かされた。係から、

「ここは軍の仕事だから金は扱わないが、それでも身元保証人がいる。用意してくるように」

と言われた。

長崎造船所での先輩坂井さんを頼ることにして、職場の早稲田大学法学部事務室を訪ねた。

再会を喜んでくれて、

「君は福岡出身だが、働いていた所が長崎だから長崎県人会を訪ねなさい」

とすすめてくれた。在京二年になるのだから、坂井さんの保証でよいものをと戸惑いもあったが、長崎県人会に行った。

長崎県人会会長　西岡竹次郎
淀橋区矢来町二丁目　（現在の新宿区）

そこは早稲田大学近くの南側の丘にあり、広い庭のある邸宅であった。庭は、うっそうと樹木が茂るというのではなく、花木の多い明るい庭であった。親しみやすい気分になって玄関のブザーを押した。

すぐに奥様がでてこられた。

「失礼いたします。苦学したいと思い、長崎から上京してきました。麻布連隊区司令部の雇いにきまりましたので、その保証人のお願いにきました……」

まだ言い終わらぬうちに、玄関の横の部屋に通された。司令部雇いの保証書を差し出し、造船所の仕事のこと、これから先の方針、保証人のいる今の仕事のことなど二十分ぐらい話した。

「しっかり、おやりなさい」と快く引き受けてもらった。

証明書の終わりに、「西岡竹次郎」と、しっかりした字で書かれ、朱印を押された。信用してもらった奥様に心から感謝した。

翌日、筆耕部に提出に行くと、係の人が、「おおっ」と笑顔で受け取った。当時、西岡竹次郎氏は衆議院議員、海軍政務次官の要職にあった。

五カ月ほど働いた。

昭和十四年四月、東京府立八王子工業学校の校友会の雇いで助手となり、学生と同じ寄宿舎に寝泊まりした。

この学校で知り合った井上先生が、工業学校の助手より小学校の先生の方が私に合っているのではと、埼玉県北足立郡片山尋常高等小学校に、代用教員※として世話してくださった。同十五年八月、小学校の教員住宅に引っ越した。

教員の召集が相次いで、不足してきたことにもよろうが、八女工業学校専修科、長崎造船青年学校本科卒業の資格が、こんな形で役に立つことは嬉しかった。働きながらでも学業をつづけたことが助けになったのである。

高等科一年を受け持った。音楽以外は全教科を教える。夜遅くまで予習をし

**代用教員**　旧制の小学校で、教員免許状を持たずに臨時的に雇われ、教職に携わっていた先生。

て、かなりの努力がいった。

楽しい時間もある。歴史の授業は好きで、その時間には、必ず脱線をする。南北朝の話※になると、子どもたちが涙を流して聞いてくれる。

体操の時間には、マラソンをかねて二キロほど離れた所にある、大泉新興撮影所にでかける。外で行われている時代劇の撮影を見せてもらったりした。偶然、日活映画「土と兵隊」の主演俳優、小杉勇の撮影現場と出くわしたこともある。また、「土」に出演した子役のどんぐり坊やは片山小学校の子どもだった。面白くて、時間が過ぎて校長先生に注意されたりした。

秋、運動会の季節となった。川中島の騎馬戦は高等科の役割である。張り切っての練習中に生徒の一人が落馬して腕を折った。練馬大根の産地で畑の多い鄙《ひな》びた村里に生徒の家を訪ねると、小さな自転車店だった。主に自転車のタイヤ修理が生業の、ほそぼそとした暮らしであった。責任を感じてその治療費を全額負担することにした。両親の、ほっとした顔が嬉しかった。離れて住む母の笑顔が重なった。

帰り道々、水本先生を思いだしていた。

夏休みを前に、教室には活気があった。国語の時間も残り少ない。休み中の宿題、どんな本を読むかを話し合っていると、授業中に小使いさん（現在の用

南北朝の話　南北朝時代とは一三三六年から一三九二年まで朝廷が分裂していた時期をいい、室町時代の初期に当たる。足利尊氏と新田義貞・楠木正成の戦いなど話題は尽きない。

務員）が走ってきた。

「召集令状ですよ」

手渡しながら、

片山小学校　代用教員をしながら大学進学を夢見た。生徒たちとのふれあいは楽しかった。壇上で全校体操の号令をかけている

「急いでください。早く帰らないと間に合わないですよ」

と、わがことのように手を震わせて緊張されていた。第三乙種なのがどうしてと、とっさに頭をよぎる。

「まさか」と思い受け取った。間違いない。生徒たちに赤紙を見せると、「わあっ」と歓声を上げた。

校長、居合わせた二、三人の先生に挨拶をして学校をでた。

「昭和十六年七月十六日、一一二師団佐世保重砲兵連隊入隊」と記されていた。

三日後に入隊という慌しさだ。

【歴史背景①】

## 世界の動きと豆腐屋さん

大正八（一九一九）年、惣ちゃんは生まれています。中学校の歴史の勉強では二年生の終わり、日清戦争、日露戦争、第一次世界大戦へと進んできた頃です。

日本は第一次世界大戦に参戦したものの主戦場のヨーロッパから遠く離れていたので、直接の戦争犠牲者はあまりでませんでした。それどころかヨーロッパ戦線への物資の調達で、日本の景気はとてもよくなったのです。

しかし、戦争が終わるとヨーロッパの商品が復帰してきます。日本の景気はだんだん悪くなり、大正四年、東京株式市場の大暴落が起こります。昭和四（一九二九）年の世界恐慌へと続いていく不況です。加えて大正十一年にはワシントン海軍軍縮条約が締結されて大型軍艦の建造が制限されます。

三菱長崎造船所は江戸時代末期に、わが国最初の艦船修理工場「徳川幕府長崎鎔鉄所」として設立されました。明治維新で官営の長崎製鉄所に、明治二十

（一八八七）年からは三菱所有となり、本格的な造船所として発展します。民間船だけでなく、多くの軍艦を造る造艦所としても有名でした。

　不況に加え大型軍艦の建造制限は会社経営に大きな影を落とし、大正末期から昭和十年ぐらいまで三菱長崎造船所は存亡の危機にあったといわれています。基幹産業の不振で長崎の街も不況に沈みます。惣ちゃんの家の下町の小さな豆腐屋さんもうまくいきませんでした。

　しかし、惣ちゃんが見習い工員として戻ってきた昭和十二年は、日本がワシントン海軍軍縮条約を破棄した三年後で造船所の景気がよくなった頃のようです。

　昭和十三年三月に起工した戦艦武蔵は、当時世界最大・最新鋭の大和型超弩級戦艦でした。けれども、惣ちゃんが油まみれで造り修理した戦艦武蔵、巡洋艦羽黒、貨客船鴨緑丸は、時を置かず多くの貴い命とともに、海に沈んでしまいます。

# 第二章　戦争へ

# 召集

徴兵制度によって、男子は満二十歳に達したら徴兵検査を受ける義務がある。私は、東京麻布連隊区司令部で徴兵官により検査を受けた。兵隊としての体力、資格が調べられ、甲種・乙種・丙種に分けられる。戦争がはじまれば、国はいつでも、その男子を召集して戦線に送ることができる。

私は甲種合格と違い乙種、それも第三乙種なので、当分は召集令状とは縁がないものと思っていた。検査を受けたときにも、そのような雰囲気を感じていたので、意外に早い召集にびっくりした。

八女郡岡山村の実家に立ち寄り一泊した。尾頭付きの鯛に赤飯で祝ってもらった。隣近所の人々も挨拶にきてくれ、賑やかなうちに夜が更けていった。

翌朝、氏神様の境内に村の人々が大勢集まっていた。神主さんが祝詞を奉じ、みんなで武運長久を祈ってくれた。小学校同期の松延君と台に上がり、

「元気で征ってきます。お見送りありがとうございました」

勢いよく声を張り上げて挨拶をした。客人の接待で忙しい母とは目だけでし

か別れができなかった。

松延君とは入隊先が違い国鉄羽犬塚駅で別れた。鳥栖駅にきて、佐世保行きに乗り換えた。長崎から今福に戻ってきていた父が佐世保までついてきた。あのとき上京して以来だが、二人とも黙ったままだった。連隊の門の前で、

「体に気をつけて」

と、父はしっかりと両手で私の手を握りしめ、涙ぐんでいた。


昭和十六（一九四一）年七月十六日、臨時召集により、佐世保重砲兵連隊に入隊した。九州各地から召集された者が、それぞれに配属された。私は第六中隊の一兵卒となり、独立臼砲《きゅうほう》第十三大隊に編入された。

一日目から順次、身の回りの品々から支給を受けた。襦袢《じゅばん》、股下、褌《ふんどし》、靴下などを二組ずつ。次の軍服、帽子、外套（雨合羽を兼ねる）は寸法を合わせるのに手間どった。靴もそうである。

受給の際、必ず直立不動の姿勢で、

「天皇陛下、ありがとうございます」

と言った。

軍律に関する勉強が第一である。一番に軍人勅諭※を覚えることだ。

軍人勅諭　明治十五年、明治天皇が陸海軍人に下した勅諭。内容は、前文で天皇が統帥権を保持することを示し、続けて、軍人たちに五つの徳目を説き、誠心をもって遵守実行するよう命じたもの。

一、軍人は忠節を盡すを本分とすべし
一、軍人は禮儀を正しくすべし
一、軍人は武勇を尚ぶべし
一、軍人は信義を重んずべし
一、軍人は質素を旨とすべし

「我国の軍隊は世々天皇の統率し給ふ所にぞある。昔神武天皇躬《み》つから大伴、物部の兵《つわもの》どもを率ゐ……」

ではじまる二七〇〇字の勅諭を頭に叩きこんだ。

三種予防注射（コレラ、チフス、マラリア）を受けたことで、ほぼ外地に派遣されるという予感がした。

軍の装備一式を支給される。背嚢《はいのう》、毛布、短剣などである。背嚢への下着や物の入れ方にも順序があり、毛布は縦四つ折りにして、くるくると巻き、背嚢を背負った上にきちっと置くようにと訓練された。褌は負傷のときに、包帯代わりにも使うのである。

目まぐるしい二週間が過ぎ、昭和十六年八月三日、佐世保駅から列車で門司に向かった。翌日、門司港税関前に着いた。赤レンガの堂々とした建物である。

船がくるまでの間、税関前の大広場に敷かれたアンペラ※の上で過ごす。およそ千人はいたろう。もちろん、夜も、そのままそこに寝た。

時間がくれば、どこからか食事が運びこまれた。人数も行き先も分からない。外には絶対にでないように注意された。しかし、でようにもでられないのである。もともと税関の敷地内だから高い塀がめぐらされている。塀のない箇所には鉄条網が張られ、要所要所には警備兵が立っている。万が一の脱走兵、スパイの侵入に対する警戒である。

それでも運よく道行く人に声をかけて、手紙やハガキをだしてくれるようにと、そっと頼んでいる人もいた。親や妻、幼い子どもに、無事を知らせたかったのだろう。幾度か外地への出発を経験していた人かもしれない。

夜が更けると、遠くから波の音が聞こ

**旧門司税関**　召集後，時を置かず出発である。税関前の広場で丸一日を過ごし軍用船に乗る。現在，建物は保存され，門司港レトロ地区の顔となっている

アンペラ　アンペラの茎で編んだ筵。アンペラはカヤツリグサ科の多年草で東南アジアの湿地に生える植物。茎は二メートルにも伸び繊維が強いので、茎で莚・袋などを作る。

える。岸壁に打ち寄せる波は、砕けてゆっくりと引き返す。外地にでたら、無事に帰ってくることができるのか。母は元気でいるだろうか。細い体をかがめて、ぐっしょりと汗をかきながらの田の草取りの頃だ。

昭和十六年八月五日、軍用船英彦丸は門司港を船出した。

船はゆっくりと半回転して直進の方向をとる。ドラが鳴る。ひときわ大きくドラが鳴る。一分ぐらい鳴りつづけた。胸がきゅっとなる。勇ましい船出の音か、父母へのさようならか、行き先も知らされないままの出港である。

九州を中心に全国から集められた兵隊は二十歳から三十七、八歳ぐらいまでで、妻子のある者、独身者とさまざまであった。船内は、見知らぬ者同士が畳二枚ぐらいの広さに三、四人の雑魚寝である。隙間なく横になっているので、間を抜けて便所に行くのも大変である。

やがて赤飯が配られた。私は大好物なので一気に食べた。あの、入隊前日に、母の作ってくれた赤飯を思いだした。

「体を大切に……」

と、母は、あのとき言葉をつまらせていた。

ふと周りを見ると、二口三口食べた様子で、あとはぼそっとしている。訝しく思っていたが、すぐに謎は解けた。

八月の海は荒れていた。出港のときは静かな波だったのに、玄界灘の沖合は

波立っていた。船酔いする者がでてきて、

「げえっ、げえっ」

という声が聞こえてきた。同時に満員の船室に異臭がただよってきて、広がった。無駄な赤飯であったなと思っているうちに、私も船酔いがはじまり苦しんだ。

少し波が落ち着いたようだ。みんな、くたびれて背を丸めて、かがみこんだように座っている。そっとかき分けて甲板にでた。

遙か向こうに島影が見えた。済州島《チェジュ》のようだ。済州島が南側に見えるということは、たぶん船は東シナ海の航路に入ったのだ。行き先にほぼ見当がつく。大連港に向かっているらしい。大連※から満州（現在の中国東北部）へ行くのだろうか。まだ船酔いの残っている頭のなかで考えていた。

船は白い水脈を引いている。その上を電気仕掛けのように勢いよくトビウオが飛んでいる。きらりとトビウオが光る。美しいなあ。なにもかも忘れて見入った。妙に喉が乾いてきて、水筒の水を思いっきり飲んだ。

と、ふっと父の姿が浮かんだ。冬の朝に、霜柱をばりばりと踏みながら池の鯉の荷揚げをしている。鯉がぴちぴちと跳んで朝日に光り、霜柱がきらきら輝いて、そのなかを天秤棒を肩に小走りに運ぶ父の姿だ。瞬く間に父の姿は消えた。船は進んでいく。

大連　中国遼寧省の南部に位置している。日清戦争後の明治三十一年、ロシアは清から現在の大連や旅順などの「関東州」を租借した。日露戦争後、ポーツマス条約により日本に租借権が譲渡され、「大連」と改称された。現在は省クラスの自主権を持ち、人口は約五九〇万人。

「お父さん、元気でいてください。征ってきます」

声のかぎりに私は叫んだ。

別れのときの父の涙が思いだされた。

## 満州

昭和十六年八月七日、思っていた通り船は大連港に入港した。

大連は、すでに日本の統治下になっていたので、建物からして日本の街に上陸したような雰囲気だった。

道路の両端に植えられたアカシアの並木から、黄色い花が道を埋めるように散っていた。少し花どきを過ぎたせいもあろう。まさに花の道だ。

その花の道を一キロ余り歩いて、宿舎になっている春日小学校に着いた。夏休み中なので児童は一人も見かけず、教室は机を全部片づけて、からっぽにしてあった。

休憩のあと自由行動の外出の許可がでた。みんな喜び勇んで街にでた。私は本屋に急いだ。軍隊での給料を持っていたので、『国文解釈法』『漢文解釈法』(塚本哲三著)二冊、『英文の解釈』(小野圭次郎著)、三省堂のコンサイスなど四冊を買った。軍隊生活のなかで必要ないかとも思ったが、とにかく買いたかった。
みんなは、なかなか帰ってこない。教室の隅にオルガンが置いてあったので、みんなの帰りを待ちながら、一人オルガンを弾いた。慌しく別れてきた、片山小学校の日々が懐かしかった。

更け行く秋の夜　旅の空の
わびしき思いに　ひとりなやむ
恋しやふるさと　なつかし父母
夢路《ゆめじ》にたどるは　故郷《さと》の家路
（堀内敬三・井上武士編『日本唱歌集』〈岩波文庫〉所収「旅愁」より）

一泊して軍の輸送貨車に乗り、大陸鉄道を北上して関東州界－奉天（現在の瀋陽）－新京（現在の長春）－ハルピンを通過して牡丹江省穆稜《ムーリン》駅に着いた。ここより五キロほど歩く。
関東軍※・満州五四七部隊。臼砲で戦う秘密部隊である。
丘陵のくぼみ地に、部隊の兵舎が見えないように幾棟も建てられていた。小隊ごとに、それぞれ割り当てられた兵舎に落ち着き、休む間もなく国境警備の任務についた。

関東軍　第二次世界大戦終了時まで中国東北部（満州）を統括した大日本帝国陸軍の軍隊。関東州租借地（遼東半島）と南満州鉄道（満鉄）の付属地を守備していた関東都督府陸軍部が前身。昭和七年の満州国建国後は、国境線を守備。ソ連軍に備え関東軍は漸次増強され、昭和十六年には十四個師団、七十四万名以上に達した。

各分隊で歩哨線がきまっていた。一キロぐらいの間隔で複哨（二人）で立つ。三時間で交代の兵士がトラックに乗せられてやってくる。そのトラックで任務の終わった兵士は帰る。

夏（七、八月）は午前三時にうっすらと夜が明け、暗くなるのは二十時頃である。歩哨に立つのも、明るいうちはさほどの緊張感もなかった。すぐ近くに宇駄《うだ》川が流れているので、一人が見張りをして、一人は息抜きに釣りをした。土をあさり、ミミズを探して餌にした。柳の細い枝に糸を結びつけ、釣り竿にする。柳は川べりにあるし、糸は服が破れたときに繕うための持ち物の一つだ。

川にはニジマスが多くいて、すぐ釣れる。ニジマスは、人間を見るのははじめてとでもいうように、自分から集まってくるのである。焚火をして焼いて食べたりした。そんな様子を見て、ソ連兵士も向こう岸から手を振った。どこか穏やかな雰囲気であった。

しかし夜になると恐ろしい闇の世界となる。匪賊と呼ばれていた反日朝鮮人、反日満州人（当時の呼び方）の襲来であった。満州人のスパイ行為が気味悪い存在だった。

闇のなかの狼の遠吠えにも震えがきた。まして近くで、それらしい騒めきを感じると恐ろしさは頂点に達した。きらっとなにか明かりが動くと、対岸のソ連領からドカンと一発の照明弾が上がる。一瞬、身が縮む。

夏とは反対に冬は闇の時間が長い。とてつもなく長い。それに寒さで凍りつく。捧げ持つ銃に氷がこびりついた。

「極寒零下の戦線は銃に氷の花が咲く」（軍歌「上海だより」の一節）と節をつけて歌っていた。

国境警備と並行して、臼砲の射撃実地訓練を受ける。

臼砲は長さ二メートル、直径三二センチ、重さ三〇〇キロの有翼砲弾で、ソ連のトーチカ攻撃用に開発された。組み立てた砲弾を、台座の筒にこめた火薬を爆発させて発射する。火薬の量で着弾距離を加減する。

極秘にされているため、兵士は「秘密ロケット砲」と呼んでいる。教則本といえるものもなく、現物で直に習い訓練する特殊部隊であった。小隊、中隊をまとめて大隊があり、それも場所場所によって人数は違っていた。私の隊は一班を三十人で組み、六班でまとめた中隊である。

国境地帯は広かった。行けども行けども、草原である。広野と呼ぶにふさわしく、起伏に富み、格好の訓練地だった。戦車、重砲、歩兵などと各種部隊が駐屯していた。

警備と並行して日夜訓練に励んだ。昼間は基本訓練である。

98式臼砲　組立式有翼弾丸を射出する一種の投弾機。火砲及び弾丸を簡単に分解して搬送できる。当初対ソ連作戦に際して敵陣地（トーチカ）を撃破するために考案され，関東軍が極秘裏に開発に当たっていた。弾丸は初速が遅く肉眼で見え，ときには弾尾をゆらゆら左右に振りながら飛んだ。半径50メートル以内の構造物を吹き飛ばす威力があり，シンガポール，フィリピン，沖縄などで実戦に使用された。沖縄では首里に迫るアメリカ軍に対して使用された。破壊力が大きかったことから，アメリカ軍の進撃を一週間くい止めたといわれている。

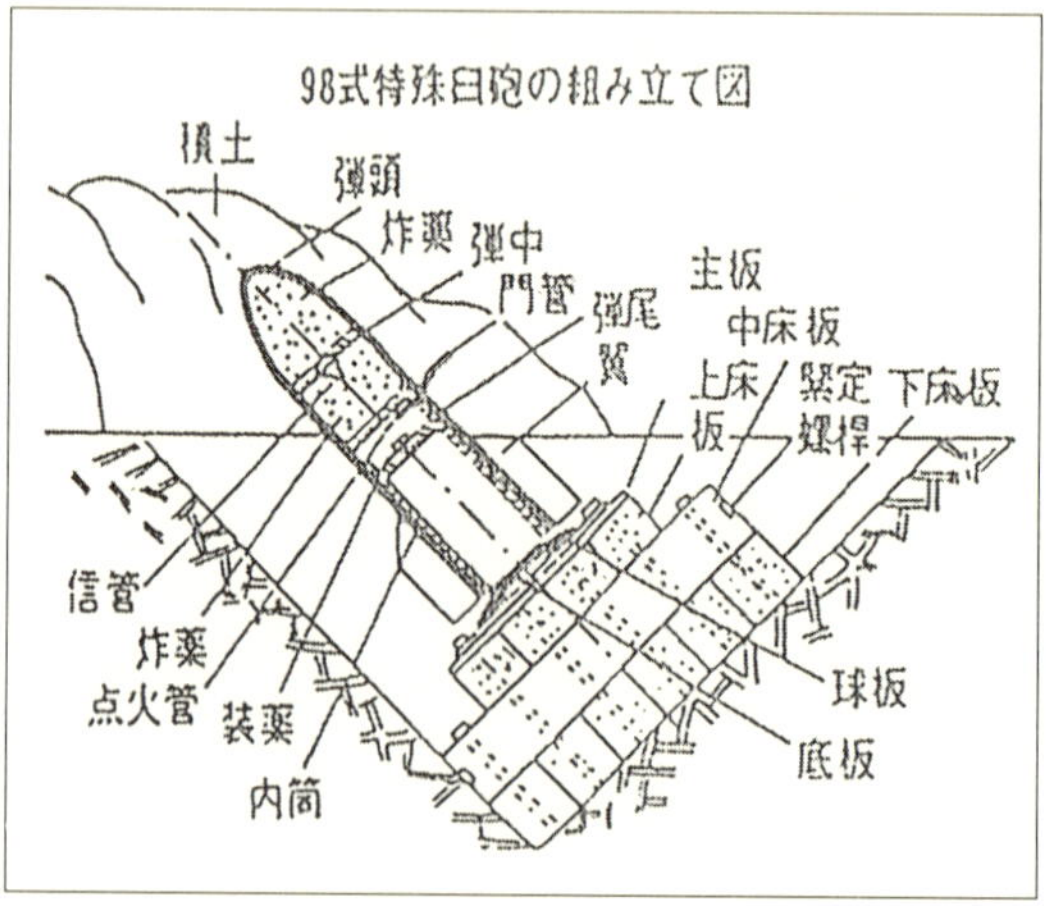


［主要諸元］
長さ：2 m
直径：32cm
砲弾重量：300kg
砲重量：約1215kg
(砲弾及び台座)
射程：300－1100m
最大初速：110m/s
弾種：98式破甲榴弾

指揮班の観測により，射角・距離を無線で連絡してくる

穴掘り。極寒の満州では土が石のように固く凍結して一番苦しい作業

掘り出した土を上床板まで被せ，足下をよくする

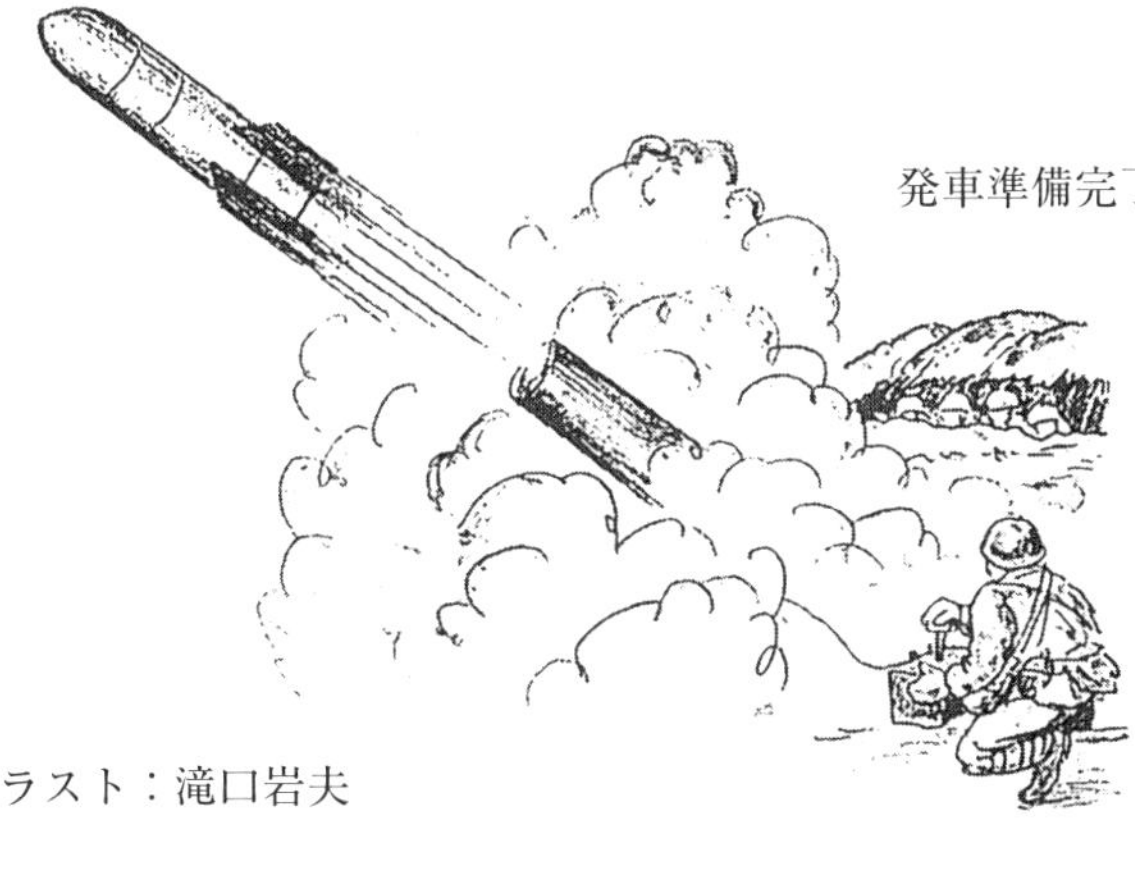

発車準備完了，発射！

イラスト：滝口岩夫

一、ロケット砲を埋める四五度の台座を造る
二、檜材を組み合わせる
三、弾丸は三部分に分かれているので、手早く三十分以内に組み立てる

なにしろ、台座まで含めると一二〇〇キロ以上の重量があるので、土まみれ、汗まみれの訓練であった。

夜間訓練は実戦の形式で行われた。ソ連側に知られないように、真っ暗闇のなかで行われる。灯りを絶対に漏らしてはいけない。小型懐中電灯（特殊なもので光が広がらず、真っすぐ光り、目盛りや文字に焦点を当てる）を黒布で覆い作業をする。

誤差（打ち損じ）や不発となっても、三十人で部品をそれぞれに組み立てるので、責任は三十人にある。皆、必死で訓練を受けた。発射だけは、霧の深い明け方が多かった。

やっと演習が終わり帰途につく。疲れ果てた目に、農家らしい家がぽつんと建っていて人影が動いているのが見えた。夢のなかで、遠い故郷をさまよっている気もしてくる。

訓練から兵舎に帰ってくると、古参兵による持ち物の検査がはじまる。わず

かに隠し持っている砂糖や煙草を、泥棒と因縁づけて詰《なじ》るのは序の口だ。藁布団の上に置いている英語の本を見て、気をつけの姿勢で横に立っている私を、いきなり殴りつける。

「この非常時に英語の本など持ちやがって、精神が腐っとる」

五、六回殴ったあとに、四冊の本を床に投げつけた。

だしぬけに古参兵がやってきては、このようなことを繰り返す。昨夜は隣の兵士の妻子の写真を、「この女々しい奴が」と踏みつけた。

実弾演習では小銃を使う。帰隊後の小銃の手入れはやかましい。検査にきた古参兵は、銃口のわずかな汚れを指さし、小銃を私の頭の上で引きずった。その拍子に引金で頭の皮が裂け、傷口から、わっと血が吹きでた。あるときは、代用教員をしていたことをからかい、

「このチィチィパッパが」

とスリッパで思い切り顔を叩いた。左眼から火がでたと思った途端、血を流して倒れていた。見かねて横にいた兵士が医務室に運んでくれた。

兵舎前で　仲のよかった戦友たち。惣ちゃん（中央後ろ）を除いて皆，沖縄やラバウルで戦死した

毎日毎日殴られる。兵舎のなかは理不尽なイジメと暴力でいっぱいだった。ある日、新兵の一人が脱走した。二日後、連れ戻され厳しい尋問を受けた。

「なぜ脱走したか」

「殴るからだ。なぜ、これほどまでに殴る必要があるのか」

勇気のある兵士だった。数日間営倉に入れられて戻ってきたが、彼への制裁は一層ひどくなった。

これが軍隊だと肝に銘じていても、つらいことであった。

国境警備と射撃訓練、加えて渡河訓練も重要な訓練であった。ノモンハン事件※の撤収部隊が指導に当たっていたので、特に厳しかった。

早朝、渡河演習との伝達がくる。

飛び起きて軍装をはじめる。軍装とは、実戦のときと同じように、身の回りの持ち物一切を背嚢につめることだ。二度と兵舎に戻ってこられないことを意味するが、訓練の場合、濡れたらなかなか乾かない毛布は除かれた。

敵前渡河実戦演習は、アムール川※の支流の穆稜川《ムーリン》で行われる。夏は水深一五〇センチぐらいの浅い場所を見計らい、向こう岸まで一キロ余りを歩く。

ざぶんと飛びこむ。軍装の重さは二〇キロ、すぐにびしょ濡れになる。背中の背嚢が重い。着衣がまといつく。足をとられて溺れそうになる。これが実戦

ノモンハン事件　昭和十四年五月から九月にかけて、満州国とモンゴル人民共和国の間の国境線をめぐり、日本軍とソ連軍の間で戦われた短い戦争。戦場に流れる川に由来してソ連側では「ハルハ河戦争」と呼んでいる。大規模な戦闘により両軍に大きな損害が生じた。日本軍はソ連側の主張する国境線まで押しだされて停戦した。

アムール川　モンゴル高原東部を源流とし、中流部は中国東北部（満州）とロシア・シベリア地方との国境になっている。ハバロフスク付近で北東に流れを変えオホーツク海に注ぐ。全長四三五〇キロ、世界第八位の大河である。中国では黒龍江という。

なら弾も飛んでくるのだ。必死になる。

溺れそうになっている兵士を引き揚げながら、絶対に濡らしてはならぬ銃を捧げ持つ。銃を濡らすと不謹慎と殴られる。後の手入れにも手間どる。錆つかないようにスピンドル油で入念に拭き上げる必要がある。何事も俊敏さが要求

夏期（上）と冬期の穆棱川での渡河演習風景　渡河演習，国境警備に射撃訓練と，新兵は鍛えられる

される。

渡りきると、ずぶ濡れのまま行軍となる。たいてい三〇キロの行軍が予定されている。その行軍が終わる頃になると、濡れた靴も衣服もどうにか乾いてくる。

冬も度々行われた。四月末から五月になると、穆稜川の川面が流氷の時期となる。二畳ぐらい、あるいは、もっと大きいかと思われる氷が、くっつき合って浮いている。氷の厚さは一メートル余りか、氷上に二、三人乗ってもびくともしない。流氷と流氷の間を飛び移り渡っていく。流氷は少しずつ流れているので、万一、滑り落ちたら流氷に挟まれて命を落とすことになる。

まさに「骨をも凍る」演習だ。

冬の場合は軽装（背嚢を除く）であった。防寒外套、防寒帽、防寒靴、防寒手袋、銃と動きにくい服装なので軽装といえるかどうかと思うが。

## 兵器学校

国境警備の二年が過ぎていた。

新たな配属の伝達がくる。沖縄、済州島、ラバウルに三分の一ずつ向かうことになった。沖縄には米軍上陸阻止のために沖縄守備隊として派遣され、臼砲を使用し戦うのだ。

私も沖縄派遣ときまり待機中のところに、甲君と私にだけ、「相模原の陸軍兵器学校に入校せよ」との通達がきた。

甲君は召集前に陸軍工科学校※（兵器学校の前身）を受けて補欠になっていた。私については工業学校及び長崎造船青年学校卒業の記録が軍部にあったようで、より早く技術を戦力にとの方針だ。

寒い満州から暖かい沖縄への移動を喜び合う戦友たちを、痛くなるほど手を振って見送った。

陸軍兵器学校　神奈川県相模原の陸軍兵器学校で，慌しく教育を受けた（相模原市『市制50周年記念要覧』より）

戦友たちを見送ったあと、しばらくの間、自動車廠に回された。
戦場では、その後方に破損した車輌の修理工場があり、特に敏速な修理が要求される。機甲部といい、軍用トラックのエンジンの修理が主である。電気系統の接続の状態、エンジン部分修理と組み立てを毎日、油にまみれての

**陸軍工科学校**　明治五年、砲兵工科学校として創立。大正九年に工科学校となり、昭和十五年、陸軍兵器学校と改称。火工、技工、鍛工、機甲、電工の五科により教育を行った。満十四歳以上二十歳未満（現役兵は二十三歳以下）の生徒は起居をともにし教育・訓練を受けた。

仕事だった。

三菱長崎造船所の工場が、今となっては妙に思いだされる。同じ仕事をやるぐらいなら、父の言うことを聞いていればよかった。あるいは召集も免れていたかもしれない。長崎の青い海が思いだされ、胸いっぱいに広がった。

五カ月が過ぎた昭和十九年九月三十日、相模原にある陸軍兵器学校に入った。現地（満州）教育の仕上げとして本校教育を受けるためだ。戦車、装甲車など種類も多く、爆薬の取り扱い方も習得した。

早朝の校庭で乾布摩擦をしていると、向こう側で少年隊が裸で天突体操をやっている。訓示で、前年の少年隊を乗せて中支（上海、蘇州付近）に向かっていた輸送船が、東シナ海航行中アメリカの潜水艦に轟沈され、少年隊のほとんどが亡くなったという悲しい話を聞いた。


十一月になり、さらに実地研修として、東京の蔵前（現在の台東区）にある修理工場で働くことになった。映画館の建物を転用した工場には旋盤が十台ぐらい据えてあった。

周辺は、あちこちで強制立ち退きがなされていた。宿舎となった家は、かなりの古い家で大きな構えであった。その家に兵士二十人が入った。炊事場も、そのまま残っていた。当番制にして食事の用意をした。飯はかまどで五升炊きの釜で炊く。味噌汁には群馬あたりからの乾燥野菜（適当な大きさに切ってある）を入れる。昼と夜は、天ぷらなどが運ばれてきた。

部屋に箪笥も置いたままで、その上には人形が飾られたままだ。兵舎と違って、妙に人の気配すら感じられて異様な気がした。その宿舎から、すぐ隣の修理工場に通った。

修理に没頭する毎日がつづいた。一台、二台と各車輌の修理と点検を終えて、十五台の車輌が並んだ。

十二月に入ってから頻繁にB29が飛来したが、空襲警報のサイレンがなっても偵察かな、というぐらいで通過していた。が、翌昭和二十年二月二十五日は空襲警報のサイレンと同時に爆音がして宿舎内の防空壕に慌てて飛びこんだ※。壕内まで地響きがした。

どれぐらいたっただろうか、空襲が止み、壕からでてみると一面の雪景色は焼野が原に変わっていた。目の前にぼーんと太い煙突が突っ立っていた。上野の風呂屋の煙突だけが残っていた。並べていた十五台の車輌はすべて黒焦げになっている。

実習どころではない。すぐに焼け跡の片づけとなった。積雪が溶け、まるで大雨のあとのように、なにもかもぐちゃぐちゃだ。

車が通れるように道を作らねばならない。焼け残りの木材の端片、倒れた木

**東京空襲**　昭和十九年七月、サイパンなどマリアナ群島はアメリカ軍に制圧され日本本土への空襲の基地となった。十一月二十四日、軍需工場を目標としたB29爆撃機による初の東京空襲が行われ、昭和二十年一月二十七日、二月二十五日は市街地が爆撃され大きな被害がでた。三月十日には当初から市街地そのものを攻撃対象とした爆撃が行われ八万人以上が犠牲となり、焼失家屋は約二十七万八千戸に及んだ。三月から五月にかけての空襲で東京市街の五〇パーセントが焼失した。

などを除けていると壕が見える。なかを覗くと数人が重なって死んでいる。煙が立ち、燻したような臭いのなかから運びだし、急ごしらえの担架にのせて運ぶ。近くに上野公園の広場があり、遺体が集められていた。

車が少し通れるようになると仕事もはかどってきた。空襲のあと二日がたっていた。

相模原の本校に戻ると、原隊一一二師団への復帰命令がでていた。

同じように一時帰国していた甲君と一緒に北満に戻ることになった。部隊は違っていても、軍隊の場合、同郷というだけで兄弟のような親しみを覚える。

昭和二十年三月三日、列車を乗り継いで博多まで行き、博多港※から釜山に向かう予定だ。甲君は久留米、私は八女、お互いに実家に一泊して行こうときめて汽車に乗ったところ、国鉄雑餉隈駅（現在のＪＲ南福岡駅）で空襲に遭い、汽車が不通になった。雑餉隈駅の横に渡辺航空機工場があり、空襲の目標になったという。

大慌てで西鉄急行電車に乗り換えて八丁牟田に向かうことにした。八丁牟田駅のすぐ傍に祖母ヒデの家がある。八女の実家までは便もなく時間もない。着いたときにはすっかり日も暮れていた。近くに住んでいる叔母もきてくれて、名物の「うなぎのかば焼き」をご馳走になった。

**博多港**　福岡市の港。古くからの日本とアジアとの交流拠点であった博多湾内にあり、港としては十二世紀に平清盛が築いた「袖の港」にはじまる古い歴史を持つ。鎖国により沈滞するが、第二次世界大戦後、本格的整備が進められた。現在では国の特定重要港湾に指定され、国際コンテナ港、日本一の国際旅客港として注目されている。

父と母には、結局会えなかった。叔母さんに、元気だと母に伝えてくれるよう頼んだら、

「惣ちゃん、東京で働いていた学校から、毎月給料が届いているそうよ。郵便局まで楽しみにでかけていると姉しゃん（母キミエ）の話してくれらした。姉しゃんも元気たい」

叔母の話を聞いて安心した。

甲君はとうとう家に帰れなかったが、祖母たちの喜びを気持ちよく受け取ってくれた。夜明けを待って西鉄急行電車で八丁牟田駅から福岡駅へ、そこから歩いて博多港に向かった。

博多港　昭和20年の再度の渡満は博多港からだった。博多港は5月に米軍により機雷封鎖され，博多の街も6月に空襲で焼野が原になる（福岡市港湾局編『博多港史』より）

博多港－釜山港－釜山駅。釜山駅から京城経由で牡丹江着。ここで互いの部隊に復帰した。春先なのに、からからと乾いているような感じがした。

原隊に復帰してすぐ、配属部隊は穆稜から南東のウラジオストックの正面

**義隆号**　満州の部隊に戻ると義隆号という名の馬をあてがわれた

に当たる琿春※に移動した。

戦友が沖縄、ラバウル、済州島に動員されたあと、地元徴集の新兵たちが補充されてきていた。原隊に配属された兵士は南満州鉄道※で働いていた人が多かった。満四十歳までを召集した兵士たちは、全く軍人精神に欠け、緊張感もなかった。動作も鈍く、だらだらとして規律を守らない。精悍さもなく、重い物など担がない。

仕方のないことであった。満州に居住して、贅沢に暮らしていた人たちである。ここで板垣君と知り合った。板垣君は満鉄職員でかなりの重責にあったという。松岡外相の遠縁になり、この戦争は負けると教えてくれた。負けたらシベリアに連行されるようなことも知っていた。

そんな情況のなかで、俄かに召集されて元気のでるはずがない。このような兵士たちでどうなることか。溜息をぐっとおさえて訓練に当たるより他になかった。

私は班長になっていた。班長として国境警備の任務を全うしなければならない。馬も一頭あてがわれた。馬の名前を「義隆」といった。

**琿春**　黒龍江省東端の街。東はウラジオストック、南は北朝鮮という国境の街である。東海林太郎が唄った「国境の町」とはこの街をいう。

**南満州鉄道**　略称満鉄。日本政府が明治三十九年に設立した半官半民の国策会社。日露戦争後、ロシアから譲渡された東清鉄道の支線、長春－大連間の鉄道施設などの経営が当初の設置目的であったが、炭鉱開発、製鉄業、港湾、農林牧畜に加えて、ホテル、図書館、学校などのインフラ整備も行い、満州国建国までの間、満州経営の中心的役割を果たした。昭和二十年、日本の敗戦と同時に会社は消滅。

「班長殿。馬を連れてまいりました」

一等兵の谷口君がくると、私は義隆号に乗り、弾薬庫を調べて回る。琿春弾薬庫は大磐嶺の南側の麓にあり地下壕になっていて、砲弾、爆薬、機関銃弾、小銃弾と分散して格納してあった。使用した数量、補充する数量を報告した。ときどき非常線をこえて偵察に入ってくる匪賊に対処したり、不審な烽《のろし》を調べたりと小さな事件はあったが、比較的平穏な日がつづいた。

## 昭和二十年八月九日

毎月八日は、十二月八日の大詔奉戴日を記念して昼食時にコップ（小）一杯の酒と赤飯がでた。昼食が済んで間なしに、どうもソ連側の国境線機甲兵団の行動が怪しい、各自、自重して準備をしておくように、との内々の知らせがあった。酒の酔いも、いっぺんに醒めてしまった。

果たして昭和二十年八月九日、早朝に叩き起こされて、午前零時に日ソ中立条約※破棄、ソ連参戦※が知らされた。

兵士一同騒然となった。

「状況が違う」

「一方的に破りやがって」

日ソ中立条約　昭和十六年に日本とソ連の間で締結された中立条約。相互不可侵および、一方が第三国の軍事行動の対象となった場合の他方の中立などを定めた条約。昭和二十年八月八日深夜にソ連は一方的破棄を宣言し宣戦を布告。九日午前零時をもって戦闘を開始、満州国などへ侵攻した。
ソ連参戦　満州国などに侵攻してきたソ連軍は兵員約一七四万名、戦車・自走砲五二〇〇輌、飛行機約五千機という大兵力だった。東部国境からは第一極東方面軍がなだれこんできた。

憤然となって大声で息巻く者もいる。前日の機甲兵団の動きから察すると、さして時間の余裕はないはずだ。

直ちに第三軍司令官中村次喜蔵中将は、大磐嶺の丘、高さ約三〇〇メートルの所に主力陣地を配備した。警備に当たっていた琿春国境はとてつもなく広い。第一大隊、第二大隊、第三大隊が配置されていた。

第三大隊のなかで兵技下士官だった私は、指令を受けて弾薬庫から大砲や弾薬を車輌で運んだ。三八式野砲は軍馬六頭で小走りで運ぶ。カッ、カッ、カッと蹄の音にも力が入っていた。破甲爆雷は軍馬二頭の車輌で運ぶ。小型砲や弾薬も次々に運び上げられた。

丘に立つと、向こうに、戦車を先頭に大挙、土煙を上げて越境してくるソ連軍が見えた。国境防衛の方策の一つとして各所に掘っていた幅二〇メートル、深さ三－四メートルの日本の戦車防衛壕に、古い戦車を載積放置し、その上を悠々と進んでくる。

日本軍も敗けじと戦車攻撃隊が組まれた。タコツボといった自分の体の入る程度の待機穴に爆雷を抱いて潜み、攻めてくる戦車を爆破するのだ。攻撃隊の名を「戦車肉迫二〇《にいまる》突撃隊」といった。軍人精神を発揮し、自ら進んで志願、死して護国の鬼とならん、という兵士たちである。猛攻してくるソ連軍戦車を九輌も爆破したという報告もなされた。

しかしソ連軍戦車の通過したあと、ぽっかりと空いた待機壕のなかに日本兵の死体が見られた。爆雷を投げたあとにソ連兵に撃たれたのだろう。

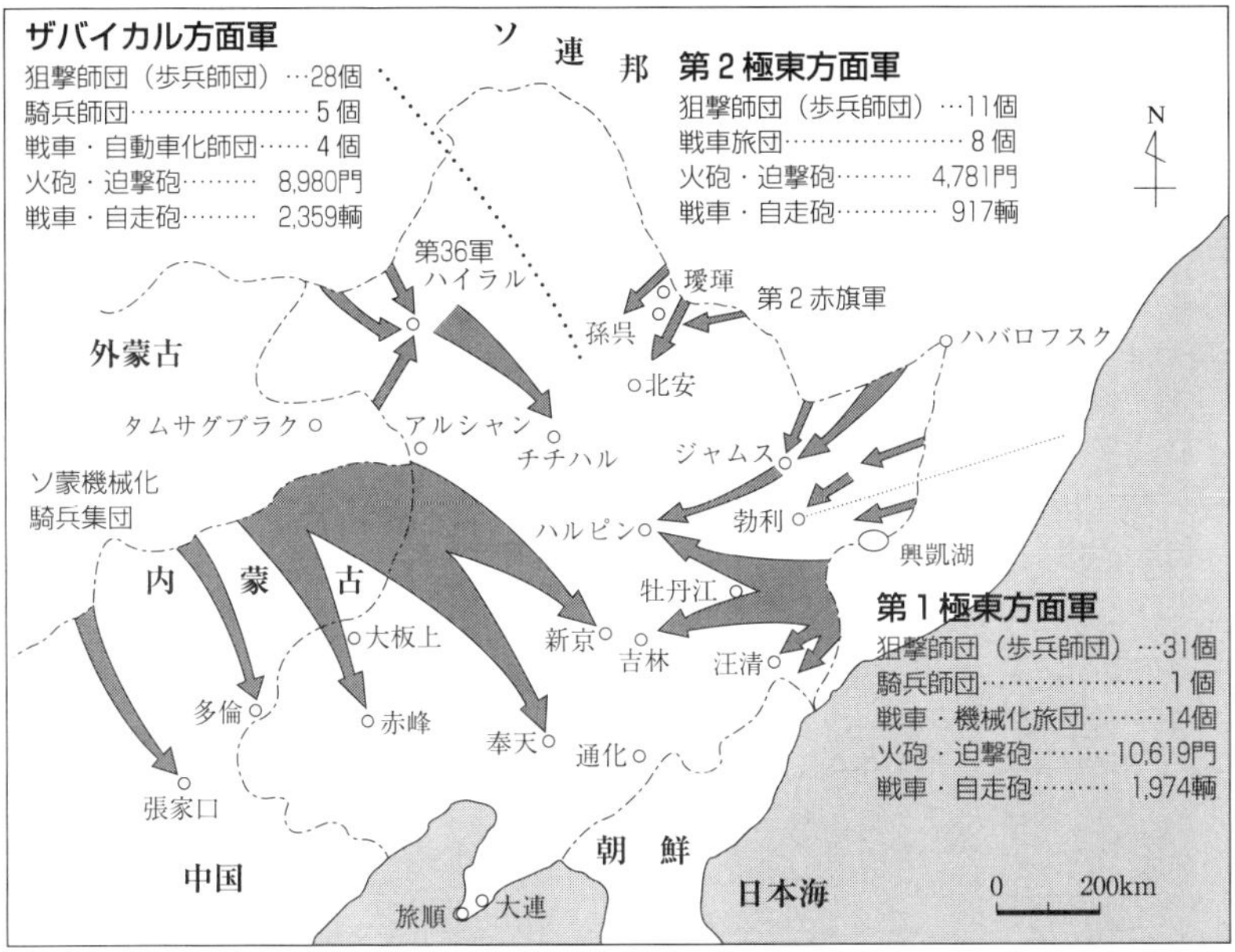

ソ連軍作戦図（太平洋戦争研究会『図説満州帝国』〔河出書房新社〕掲載の図をもとに作製）

日中の攻撃にかげりがさし、明るい間は林のなかで待機し、夜になって夜襲をする。幕舎※攻撃といって、夜中にソ連軍の寝ている幕舎を襲う。

爆雷を背負い、匍匐《ほふく》前進で敵中を目指す。鉄条網を引き裂き、塹壕を避けて潜り、警備兵の目を盗み、幕舎に近づき爆雷を投げこんで引き返してくる。まさに命がけである。斬りこみ隊も送りだされた。二十五人斬りし

幕舎　テントで作った宿舎。

た日本刀をかざしていた兵士が翌日には戦死した。

奇襲攻撃、欺し撃ちの攻防がいつまでつづくか。

さらにソ連軍砲兵隊が二〇〇メートルぐらい横並びになって、マンドリン小銃で弾を浴びせながら攻撃してくる。二時間ぐらい経過すると引き揚げていくので、その間、木陰や穴に隠れる。

また間隔をおいて、戦車、大型トラクターの車列が通過していく。物量の誇示で、日本軍への威嚇と思われた。

一進一退の攻防戦が一週間つづいたろうか。

静かな朝だった。爆薬運搬の経過報告に行くと、頂上に据えられた大砲の近くで、管野大尉が避難壕掘りを指図していた。

おかしなことだと思っていると、

「十八日早朝、中村中将、古川大尉が自決した。俺も明日は、ここに埋まるだろう」

と言われた。苦痛が滲みでていた。

傍に半焼けになった柳行李が投げだされていた。中村次喜蔵の名前があり、半開きのなかは空っぽであった。

一進一退の攻防とはいっても、長い国境線から見れば局地戦であり、主力陣地の大磐嶺の丘はソ連軍の大部隊に包囲されている。ソ連軍の主力はすでに南

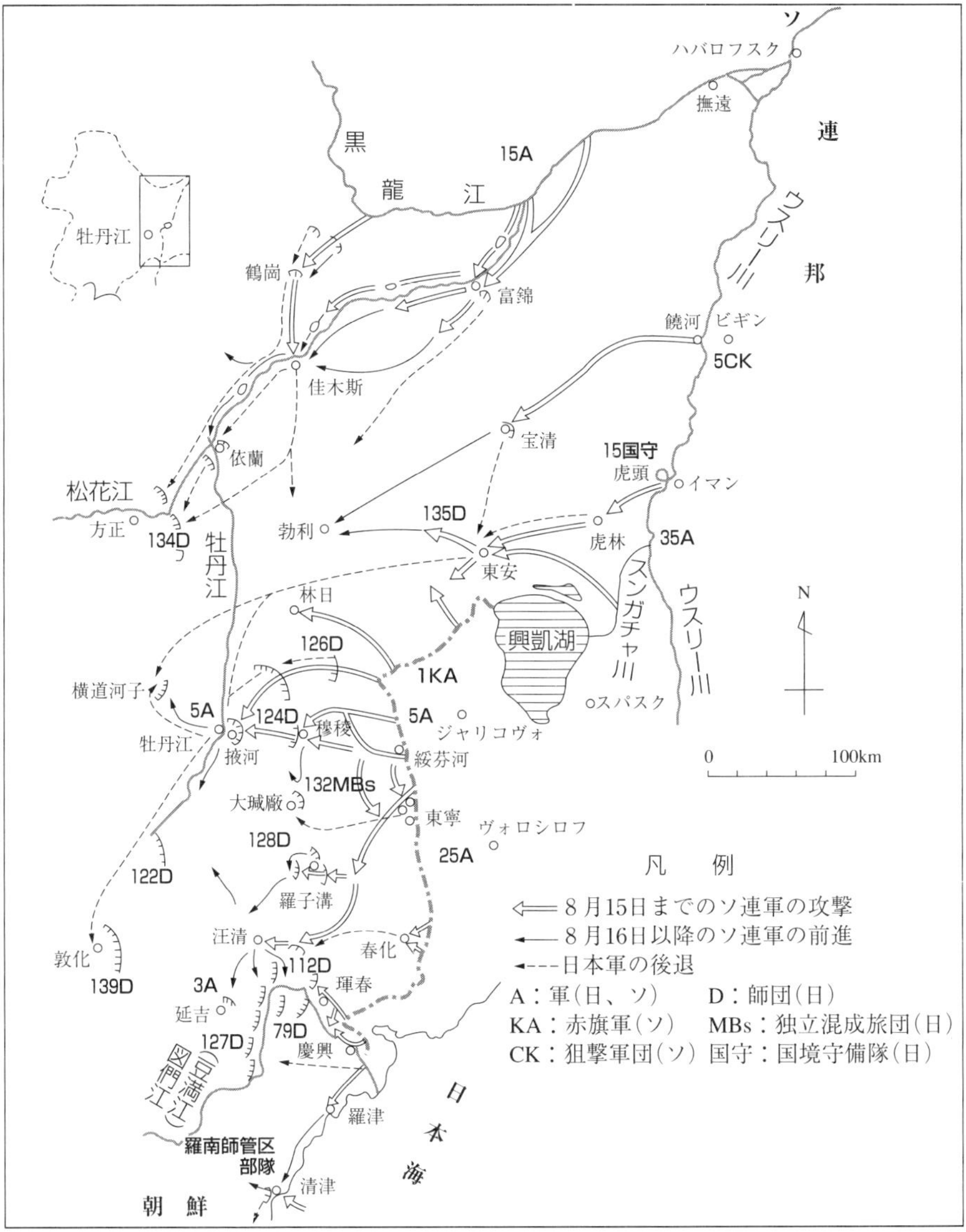


満州東部国境戦況図（『満州国最期の日』〔新人物往来社〕掲載の図をもとに作製）

下を進めているだろう。これからどうなるだろうか。守備陣地に戻り、大連で買った三省堂の辞書を埋めた。あらぬ疑いをかけられぬために。

ソ連軍の包囲をやっと抜けて、大磐嶺から小磐嶺にでた。二十人ぐらいの集団となって木の陰、岩の陰と、道なき道を逃げて行く。ここから琿春北方、小興安嶺の山にもぐりこむことになった。

途中で、ある開拓村※のあとを通りがかった。三カ月ほど前に、弾薬輸送のときに通過した場所である。あのときは、大豆畑が青々と広がり、高粱や玉蜀黍が丈高く伸びて、実りかけていた。穂がさわさわと揺れていた。土地が肥沃なのだろう。よく茂っていた。

塀に囲まれて、大豆や玉蜀黍を貯蔵する倉庫らしきものが立ち並び、畜舎らしき様子もうかがえた。監視哨も建っていた。それらに守られた開拓村は、穏やかな雰囲気のなかに五月の日差しが明るく照らしていた。

十五歳ぐらいの少年が非常の場合に備えて警護の任務に当たっていた。溌剌とした態度で「ご苦労さまです」と、元気よく声をかけてくれた。

しかしわずか三カ月あとの、この有様は、なんということだろう。あの笑顔の少年兵士たちが、十二、三人ずつ寄り合って、三カ所で手榴弾自決していた。

思わず、体が震えた。言葉をかけてくれた、あの笑顔の少年を思いだした。

開拓村　満州事変後、日本は満州へ農業移民団を送りだした。満蒙開拓団、満蒙開拓青少年義勇隊である。日ソ開戦時、国境付近に入植している開拓民に適切な避難措置はなされず、逃避行のなかで多数の犠牲者がでた。

どの少年も真っ黒く焼かれている。手榴弾で胸は裂け、腹部は打ち抜かれている。馬も牛も死んでいる。人影一つ見えない開拓村には、どんよりとした空気が漂っていて声もでない。

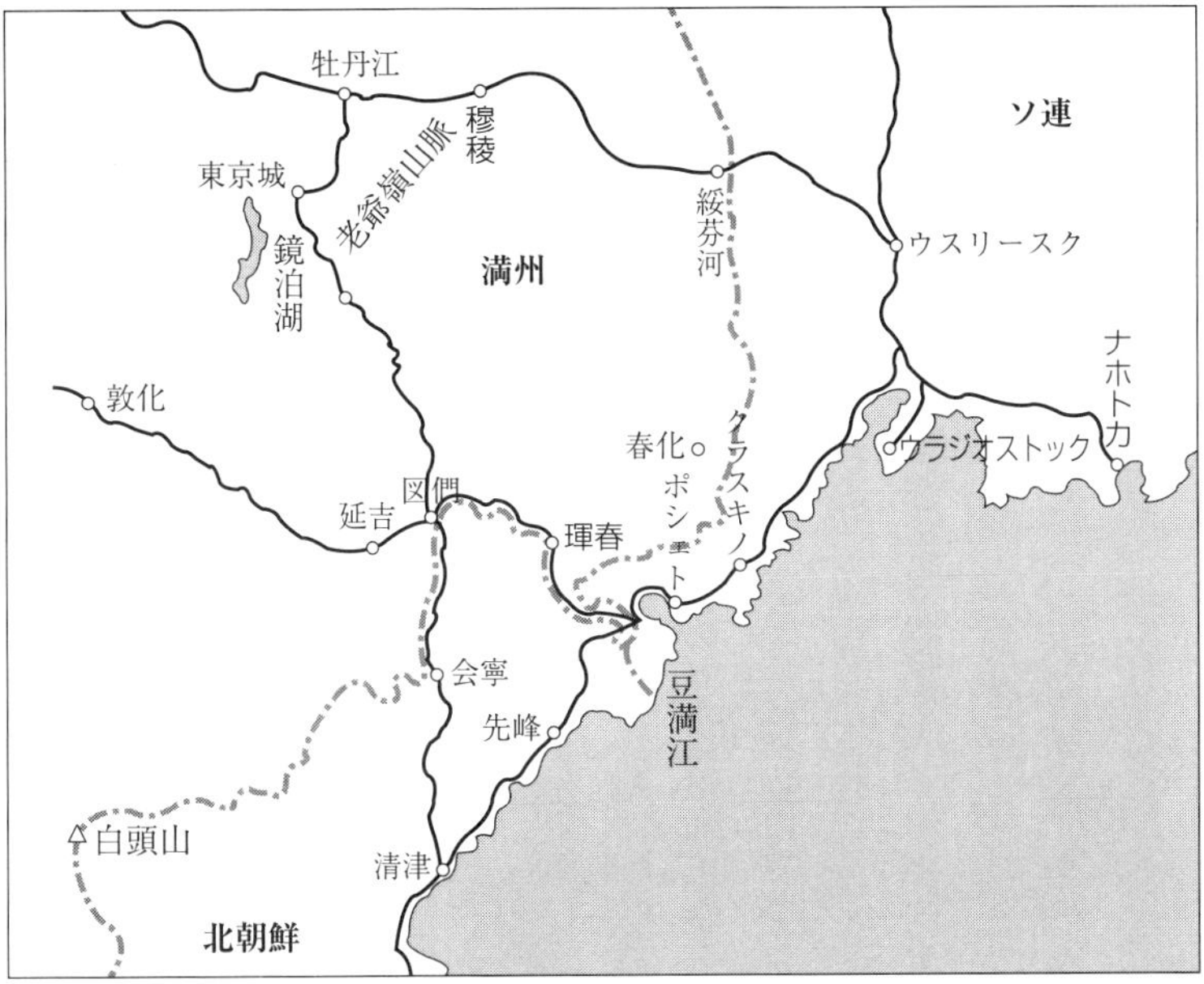

琿春周辺図

開拓村の人々を送りだしたあとに、責任をとって、この方法を選んだのだろうか。責任など感ぜずに、なぜに一緒に逃げない。少年兵士としての義務を果たしたというのだろうか、と胸をつかれた。

国境線を守りきれず、ソ連軍に追われて逃げ、生き延びようとしている私は、どうすればよい。合わせる両の掌が拳となって涙をぬぐった。

さらになだらかな丘陵を

歩きつづけて、森に入れば休み、また歩く。要所要所にソ連軍の監視兵が立っているので、食事は森のなかでする。周りの枯れ草や小枝を集めて飯盒で炊く。各自、背嚢の底に入れて持ってきた米や高粱をだし合い、道端の畑で拾った馬鈴薯の屑なども入れて量を増やした。煙が上がらないよう注意しなければならない。

もしかしたら、こうやって五人、十人と逃げ延びていく日本兵を監視兵は見逃しているのではなかろうか。どうせ行く先は、どこかの収容所だと、高を括っているのではとも思えた。

ともかく、どうにか歩きつづけて、収容所らしき建物のある場所に着いた。

昭和二十年九月二十五日、金蒼収容所に収容された。

ここで、すでに八月十五日に停戦になっていることを知らされた。

収容所のなかは開拓民などの一般人と兵士でごったがえしていたが、二、三日すると一般人と兵士は別々にまとめられた。そのあと一般人がどうなったかは分からない。

落ち着く間もなく、所内にアメーバ赤痢※が発生した。溝のように細長く掘られた便所にかがみこむようにして座り、立ち上がれないのだ。後ろで行列を作り待っているが、順番を待てずに座りこんでいる。顔色が黒い紫色になったら、

アメーバ赤痢　赤痢アメーバという原虫が人間の腸内で引き起こす病気。腸管アメーバ症としては下痢や粘血便、腹痛がでる。腸管外アメーバ症では肝膿とうが多く見られ発熱、全身倦怠等を伴う。人糞に汚染された水等を介して感染する。

もうおしまいだ。

赤痢は収容所までの途中で、川の水を飲んだり、草の根を拾って食べたのが原因だが、分かっていてもつい手をだしてしまう。

便所の落とし紙に満州国の紙幣が使われていた。トラック二、三台分の紙幣が収容所の横に山積みされていた。新京（現在の長春）に造幣所があったと思うが、いかに極限状況のなかにしても、負けたことの悲しさが胸に堪《こた》えた。

【歴史背景②】

## 満州国

日清戦争で中国進出の足がかりを得た日本は、日露戦争を経て第一次世界大戦中の大正四（一九一五）年には、二十一カ条の要求を中国に突きつけるまでになっていました。山東省、南満州、福建省などでの様々な権益の要求です。その後、山東出兵、張作霖爆殺事件、満州事変によって勢力を拡張し、昭和七（一九三二）年には満州国を建国します。

日本による満州国建国に強い影響力を及ぼした関東軍は関東州租借地（遼東半島）と南満州鉄道（満鉄）の付属地を守備していた関東都督府陸軍部が前身で、関東都督府が関東庁に改組されると同時に関東軍として独立しました。ソ連軍侵攻に備え関東軍は漸次増強され、惣ちゃんが新兵として国境線に配された昭和十六年には十四個師団、七十四万名以上に達していました。

武力を背景にした満州国経営は「五族協和」の掛け声とは裏腹に矛盾に満ちたものでした。昭和十一年当時小学校三年生で佐賀から奉天（瀋陽）に移ったある女性は、次のような手記を書いています。

兄に誘われて散歩に出た日、日本人街を出て二十分も歩き突き当たったところは、華やかな街の中心部とは打って変わった異様な光景だった。〈中略〉高さ二〜三メートルぐらいあろうか、高い棒杭が無造作に立ち並んで何やら黒っぽいものが数個ぶら下がっている。

「兄さん、あれは何？」と聞くと「首だよ、匪賊の」という。再び見上げられず視線を落とすと、枯れ草の中はもっと無残であった。野犬に食い荒らされた胴体、四肢が散乱していた。〈中略〉大陸を侵略し中国人を犠牲にして、日本人ばかりが贅沢な生活をしていたこと、侵略に抵抗する現地の若者たちを「匪賊だ」「馬賊だ」として抹殺していたことに気付いたのは敗戦後ずっとたってからだった。

（佐藤久子、朝日新聞社編『女たちの太平洋戦争』所収）

惣ちゃんは夜の国境警備で中国人の襲撃を恐れています。闇の中に、土地を収奪され殺された中国人の怨念を見ていたのではないでしょうか。

【歴史背景③】

## 日ソ開戦

昭和二十（一九四五）年八月九日、ソ連軍は日ソ中立条約を破棄し満州国などに侵攻してきます。兵員約一七四万名、戦車・自走砲五二〇〇輛、飛行機五千機、火砲二万四千門という大兵力です。

関東軍は兵員の数こそ七十八万名でしたが、昭和十八年以降、南方に戦力を引き抜かれ弱体化しており、四十歳近い人をはじめ在留邦人を二十五万人もかき集め編成したもので、銃さえ行き渡らない師団もあったといわれています。惣ちゃんが嘆いていたように、士気も練度も装備も十分ではありませんでした。

日本軍は防衛線を大連・新京・図們の三角線まで後退して設定しますが、このことによって、満州各地の開拓移民をはじめとした多くの在留邦人が戦場に取り残され犠牲になります。

しかし、ここで語られるように最前線の兵士たちはよく戦っています。満州東部国境沿いには第一方面軍の第三軍と第五軍が守備についていました。惣ちゃんが当初配置された穆稜《ムーリン》一帯の第五軍は、陣地を死守しながら同地の在留邦人を南に避難させています。惣ちゃんの部隊が所属する第三軍もソ連軍の猛攻を受けますが、なんとか踏みとどまっています。しかし主戦力を南方に引き抜かれての多勢に無勢の戦いです。十七日に届いた停戦命令は前線の兵士たちには伝わらず、惣ちゃんも一カ月近く戦い、敗走することになります。

敗走する惣ちゃんは途中、小磐嶺で開拓村の少年兵の死に遭遇します。昭和七年、満州国建国宣言以降、日本政府は不況下の農村の人々を満蒙農業移民として三十二万人送り出しています。満蒙開拓団です。日本の貧しい農民が、より弱く貧しい中国農民の土地を収奪していきます。

特に昭和十年から送り出された満蒙開拓青少年義勇隊は十代の子どもたちで編成された義勇軍です。小さく弱く貧しい少年たちを満州の原野に放りこんだ為政者、親、教師の責任が問われます。その数、十万人といわれています。

関東軍が崩壊するなか、中国人の怒りは、開拓移民をはじめとした在留邦人に向けられました。ソ連兵も含めての略奪、暴行にさらされての逃避行や、その後の栄養失調、病気によるものも含め、昭和二十一年五月までに十二万人が亡くなったといわれています。一万人を超えるともいわれる中国残留孤児も、このときに生まれました。

# 第三章　シベリア抑留

# シベリアへ

三日目にウラジオストックに向けて出発することになった。

「ウラジオストックから日本に帰る」との話が誰からともなく広まっていた。ウラジオストックはシベリア鉄道※の終点である。近くまで輸送列車がきているという。だが、どのあたりで列車に乗りこめるかは、皆目見当がつかない。事情はさっぱり分からない。しかし、ウラジオストックまで行けば「日本に帰れる」と幾度も聞いた。

「日本に帰れる」という第一歩を踏みだした。列車に乗るまで三〇キロ余りの行軍という。時間がたつにつれて落伍者がでてきた。よろよろと足もとにまつわりついてきて、

「助けて、助けて」

とすがってくるが、どうしようもない。自分も共倒れになる。黙って、目をつむって手を振りほどく。

やっと琿春に着いた。ここでソ満国境を越えてソ連領に入る。国境を越えて、

シベリア鉄道　ロシア国内（モスクワ－ウラジオストック）を東西に横断する世界一長い鉄道（全長九二九七キロ）。ロシア帝国が東アジアへの進出を目的として一八九一年に建設を開始し、現在のルートは一九一六年に完成。一九三〇年以降はスターリンの独裁により追放された多くの市民がこの沿線で強制労働に従事し、シベリア開発のために酷使された。また第二次世界大戦の末期の一九四五年には五月の独ソ戦勝利から八月の対日宣戦布告までの短期間に大量のソ連軍を輸送することに成功した。

さらに行軍はつづく。

食事の時間がくると、少量のパンが配られた。兵士五十人に二人のロシア兵が監視するなかで、乾パンのような、固いかさかさの黒パンが二枚配られる。

ずうっと歩きづめだから、これで足りるはずがない。休憩時間になると、大急ぎで、すぐ傍のジャガイモ畑に行き、収穫のときの掘り残しをあさった。指先のような小さなジャガイモを集めて枯れ草を燃やし、焼いて食べた。時間がないときには生でかじる。だが、あとでよく下痢をする。

少しでも列から離れてジャガイモを拾おうとすると、脱走と勘違いされ、

「ストイ（止まれ）」

と、監視のロシア兵は銃で撃ってくる。ジャガイモのために撃ち殺された兵士が何人もいた。遺体はそのまま放りっぱなしだ。助けに行こうものなら、また撃たれる破目になる。

心を鬼にして、

「俺は必ず日本に帰るぞ、帰ってやる」

とお経のように唱えて歩いた。

どさくさに紛れて、いつからか私は荷物のなかにロシアの将校のくたびれたコートを持っていた。たとえ、くたびれていても、さすがに将校の品物で布地がよく、防水加工までしてあった。これには大変助けられた。雨の日はもちろ

ん、夜に寝るときに重宝した。

長さ五〇センチの小さなスコップ（常備品）を持っていたので、このスコップで体を横にして入る浅い穴を掘り、下に辺りの草を集めて敷く。コートを着て、カマス※をぐるっと体に巻いて穴のなかに寝る。この寝る準備をなおざりにすると、昼と夜の寒暖の差が激しいので、栄養失調の体はたちまち参ってしまう。

「おっかぁーん」

とかすかな声が闇のなかに流れて行く。世が明けると近くの兵士が死んでいる。福島県出身だと言っていた。何人かが急いで穴を掘り遺体を埋めて真ん丸く土を被せる。葬った土饅頭が道端に累々とつづいている。

「近くまで」のはずが十日間は歩いたろう。駅に着いた。

ここで各地から集まった捕虜部隊が専用の貨物列車を待つ。貨車が着くたび振り分けられて、すし詰め状態に押しこめられる。立ったままの姿勢で列車は動きだした。

走る列車の行く先は誰も知らない。

一台の貨車に三十人から五十人ぐらい乗せられる。他に馬と馬の餌を乗せる貨車があった。

乗りこむと、どうにか座ることができた。みんな黙っている。すぐ隣合わせ

カマス　藁筵を二つ折りにし、縁を縫って閉じた袋。穀類・塩・石炭などの貯蔵・運搬に用いられる。

に座った兵士も、黙りこくっている。だが、どこか違う。疲れ果てているはずなのに優しそうだ。つい声をかけた。

「どちらからですか」

「二〇《にいまる》の樋口一等兵です。兼松部隊です」

「近くにいたんですね。私は琿春兵器部にいました。貞刈です。兼松部隊は丘の上にあったので、よりロシアに近く大変だったでしょう」

「昼はロシア部隊と撃ち合い、夜はロシアの幕舎攻撃でした」

「よく命がありましたね。ふるさとは」

「天草です」

「私は原籍が佐世保。で、入隊は佐世保重砲兵連隊兵器部、古川大尉の指揮下でした。親類が金松といって、相浦の大崎鼻の丘に大崎教会を建てています」

「天草の残党※です」

二人はしっかりと握手した。

最低限の身の回り品をまとめた荷物（分厚い布地の袋に一〇キロぐらいのものをつめこんでいた）の上に腰かける者、荷物を抱くようにして覆い被さる者、貨車の壁に寄りかかり、目をつむって疲れ果てた体を休めている者と、貨車のなかはさまざまだ。

天草の残党　江戸時代初期に起こった日本の歴史上最も大規模な一揆による反乱として島原の乱がある。島原藩のある肥前島原半島と唐津藩の飛地である肥後天草諸島の農民をはじめとする領民が酷使や過重な年貢負担に窮し、さらに飢饉の被害も加わり、両藩に対して反乱を起こした。島原と天草の一揆勢は合流して島原の原城址に籠城して十二万人の幕府軍と戦ったが、一揆勢二万七千人のほぼ全員が死亡した。キリシタン（カトリック信徒）の宗教戦争として語られることがあるが、一揆による反乱が定説となっている。

体調を崩して下痢をしている者は、戸の近くに座るようにしていた。貨車は、三、四時間おきに食糧、水、薪などの物資補給のため停車する。その間に急いで貨車から飛び降りて、用を足すのである。が、乗り遅れぬために急ぎ帰ってくる。ズボンや下着が汚れたままの状態で戻ってくるので、引きずり上げているとき、相手の汚れが自分の服にもまといつく。車内はいつも異臭が充満していた。

「臭い」とは誰も言えない。すし詰めの車内に少し空きができたのは、用足しに降りて、そのまま這いつくばって戻れずにいる兵士がいるからで、どんな格好でも、貨車に戻ってくれれば、ほっとした。

小便は貨車の上から放つ。これも、よほど要領よくやらないと、貨車の速度や風向きで、逆に自分の体にひっかかってしまう。でも、みんなできるだけ迷惑をかけないようにと懸命であった。

食べ物は、黒パンひとかけらと大豆の搾り粕の汁で毎食同じである。食べた後には、すぐに空腹を覚える量なのに、なぜ下痢に苦しむのだろう。

列車につめこまれて、ハバロフスク、コムソモリスクと走ること一週間は過ぎただろうか。

「ごっとん」

にぶい音を引きずって貨車が止まった。

地名はダニニューストック。地名がはっきりと記してある。地名だけで、ここがシベリアのどのあたりに位置するのか、皆目分からない（今、調べてみると、北緯五二度あたりで、北へ一〇〇〇キロぐらいを移動しているようだ）。

ダニニューストックからさらにいくつかの駅を過ぎた。駅名は分からないが、降りてみると十棟ぐらいの幕舎が建てられていた。

その一棟に、貨車に乗っているときから下痢をしている兵士が集められていた。割り当てでその幕舎の世話係になった。きっと元気に見えたのだろう。もう一人、山田衛生軍曹がいた。私は身の回りの世話で、近くの川で血便の褌を洗った。真っ赤な水が流れていく。澄んだ川水が病気をすいとってくれる気がした。次の日も次の日も洗いに行った。

山田軍曹は聴診器も体温計もないので、一人ひとりの兵士の胸に、自分の耳をくっつけて、

「大丈夫、大丈夫」

と元気づけていた。皆、自分自身を守ることが精一杯のときに、献身的とはこのような姿をいうのだろう。

幕舎のなかをもっと暖かくしよう。焚火をもう一カ所増やし湯を沸かそう。手拭いを湯で暖め、お腹に当ててやる。疲れ果てた体に触れてやることで病人

を癒してやらなければと、病兵を次々と看て回る。

「ありがとう」

声にもならず手を合わせる兵士もいる。私も一心に手伝った。が、次々に死んでいくばかりであった。

「どんなにきれいな雪でも、そのままで絶対に口に入れないこと。必ず沸騰させてから飲むこと」

と山田軍曹は言っていた。沸騰させること自体が困難なことであったが。

## 収容所

駅から幾日、一〇トントラックに積まれたままだったろう。このあたりはゴーリン・フルムリという地域だった。トラックは車体全体をがたがたと大きく揺らして走る。やっと山奥の収容所に着いた。

あてがわれた収容所は、ぼろぼろの古い建物であった。ソ連人の通訳によると、帝政ロシア時代に自由主義思想の白系ロシア人政治犯が入っていた刑務所跡ということだが、本当かどうかは分からない。

ウラジオストックに行けるということは、ダモイ（帰国）につながる。ダモイ、ダモイの言葉に引きずられてやってきたのに、着いた所は海の匂いどころではない。エゾマツ、トドマツの生い茂るタイガ地帯※だった。

防寒のため、窓が少ない。二重窓にはなっているが、ずり落ちそうだ。壁も白い漆喰が鼠色となり、剝げ落ちていた。

すぐに所持品検査となる。兵士のときからの持ち物で、飯盒、杖、スコップ（小）、着替え用の軍服と下着、これらの衣類は袖口がすりきれ、幾重にもほつれを繕ったあとや破れが見える。行軍の途中、そそくさと川の水で洗った下着は生乾きでぷんと臭った。

検査が終わると防寒用衣類が渡される。このような配分のとき、軍隊組織がそのまま使われてうまくいった。軍曹だった私は班長として世話役をした。

支給品は、次のようなものである。

一、防寒帽。羊の皮かなにかの皮を使った帽子で、中の毛はがさがさと顔や首に当たった。
二、防寒服。中は毛、表はごつい布地に防水加工が施してある。
三、防寒手袋。防寒服と同じく中は毛、表地は硬い木綿布地。
四、防寒靴。ラクダの毛が使用され温かく、履き心地はまあまあだ。
五、綿の作業服。夏、冬とも同じもの。
六、下着。天竺木綿の褐色がかったもの。作業服と同じような硬い布地。

※タイガ地帯　北方性針葉樹林地帯を指す。タイガ地帯には極端な低温による永久凍土層上に浅く根を張ったカラマツなどを中心とした針葉樹林が発達している。特に日本海に面した沿海州からハバロフスク地方そして西シベリアへと六〇〇〇キロにわたって広がるシベリアのタイガは、地球上の森林面積の約六分の一を占める。無尽蔵の森林資源といわれてきたが、近年の急速な伐採の進行にともない、持続可能な森林開発の必要性がいわれている。

収容所全景図　塀の四隅に監視塔があった。ソ連兵が起床の合図の鉦をここで叩いた。脱走すると，ここから撃たれる。脱走しても生きて帰れる可能性はなかったが……（舞鶴引揚記念館絵葉書より）

すべてが中古で、誰が着ていたのか分からない。運が悪いと破れたものや、衿首あたりがすりきれたものに当たる。だが、貨車から降ろされたときは、一面に薄く雪が積もっていて震え上がったので、ありがたいと思った。

翌日は早速収容所の補修の仕事をした。日本では壁土に藁を刻み混ぜるが、ここでは細い繊維を混ぜる。これも防寒対策なのだ。

ずり落ちそうな窓枠を丁寧に打ちつけていく。床もがさがさだ。寝台は二段になっている。一つの台に二人が寝る。二段になっているのでひと囲い四人となる。

台の上には、日本でいう藁布団のようなものが敷いてある。藁があるのかよく分からないが、きっと萱※を乾燥させたものを布袋につめたものだ。だが、す

萱　イネ科ススキ属の総称。「かや」というのは、葉を刈って屋根を葺いた「刈屋根」がなまったものといわれる。

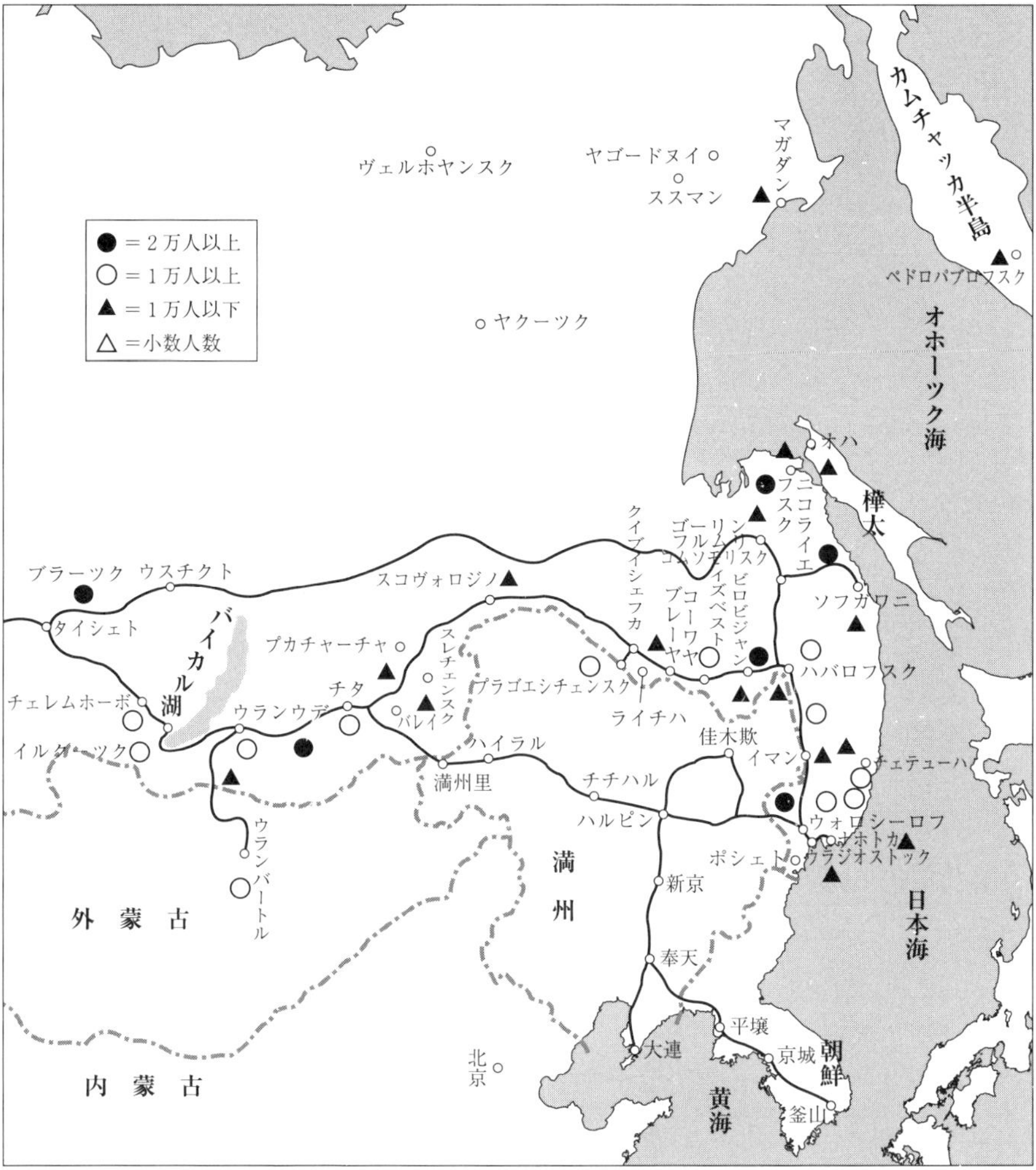


シベリア収容所地図（「満洲・北鮮・樺太・千島における日本人の日ソ開戦以後の概況」〔厚生省引揚援護局未帰還調査部〕をもとに作図）

きま風もない室で、仮にも布団と呼べるものの上に横になれる。毛布にくるまるのも久し振りだ。

二日目からエゾマツ、トドマツ、カラマツの伐採作業がはじまる。バム鉄道※の建設などに使うのだ。

およそ一〇〇メートル四方の高い塀に囲まれた一つの収容所には五百人ぐらいいた。各小隊が三十五人ずつ組まれて作業をする。作業監督はソ連の囚人あがりだった。服役を果たして捕虜監督になっていた。シベリアの広野に分散して、多くの日本人捕虜が入れられたのだから、ソ連側も、その対応に苦慮していたろう。

朝、塀の四隅にある監視塔の警備兵がレールで造った鉦《かね》を叩いて起床を知らせる。朝食をとる。

黒パン（昔、台所にあった徳用マッチ箱半分の大きさ）
冷凍ニシン一尾
大豆の二、三粒入ったスープ容器一杯の汁

十月ともなると、もう三〇センチぐらいの雪が積もる。伐り倒す松は直径三

**バム鉄道**　バイカル・アムール鉄道の略で、バイカル湖近くのタイシェトから、アムール川がオホーツク海に注ぐワニノまでの約四三〇〇キロを結ぶ鉄道。第二シベリア鉄道とも呼ばれる。一九三二年着工、一九四五年七月末には東部の一部区間、一九四七年にはタイシェト－ブラーツク間で運行を開始した。バム鉄道の建設にはシベリア抑留の日本人捕虜が特に多く投入され、犠牲者も多かった。一九八四年、全線開通。

強制労働・森林伐採（舞鶴引揚記念館図録「母なる港舞鶴」より）

五センチから五〇センチ、長さも一〇メートルなどと、材木の用途によってきめられた。木の切株は地面から三〇センチ残すことになっているので、木の周りの雪をはねのけて三〇センチを確かめる。

もっと大きな木になると、一・五メートルはある大鋸《のこぎり》を二人が向かい合って引く。雪の上も構わずへたりこみ、調子を合わせる。途中で鋸が重たくなり、引いても押しても動かなくなる。木の三分の一ぐらい切りこめばよいものを、少し切りすぎると木の重みがかかり、楔《くさび》を打ちこんだりと大変だ。風向きが変わると、思った方向に倒れず、木にはねとばされて大怪我をする。

もたついていると監督が回ってきて、

「ヴィストラ　ラボータ（急げ、働け）」

と大声をかけていく。

昼の食事はライ麦のどろどろした汁がスープ容器に一杯。

そして、夜の食事もライ麦を引き割ったような粉の汁に大豆が三粒入っていた。

慣れない伐採の仕事に、綿のようにつ

かみどころもなく疲れた体を、作業着を着たまま横たえるのである。

十一月になると気温は零下一一度となり、十二月に入るとさらに零下二〇度の毎日となった。零下という寒さに慣れていない体は、栄養失調からくる下痢でへとへととなり、体を支えるのがやっとである。それでもノルマが待っていた。

監督も、さすがに建築物の高い所の仕事は免除してくれた。痩せ細った体では危ないと思ったのだろう。バム鉄道の線路補強に運ばれてきた石を枕木の下に敷きつめる、地べたを這い回る仕事をした。

石を割ったり、割った石を一輪車で運んだりするのは体力がいった。鉄道ができていくと、その付近に民家が建つ。集落ができると小学校や集会所が必要となる。そのときの整地も捕虜の仕事であった。仕事の都合で午前一時とか二時に起こされる。

隣に寝ている兵士が起きないので、

「おい、起きろ」

と呼びかける。おかしい。体にさわると冷たくなっていた。

昨夜、寝つく前に話していたではないか。

「日本に帰ったら、必ず俺の家に寄ってくれ。かわいいヨメさんがいるから……」と。

毛布に包んで外に置く。時間に遅れるのでそのまま集合場所に急ぐ。帰ってきて、死体を埋めるために掘られた共同の穴に持って行って埋める。

日本軍捕虜が入ソした昭和二十（一九四五）－二十一年の冬は、シベリアを大寒波が襲った。

## 厳冬の到来

日に日に寒さは厳しくなる。栄養失調の状態に重労働が重なり、私の小隊三十人は、次々に鳥目（夜盲症）となった。

鳥目は、少し日が陰りはじめると、すぐに症状がでて、見えにくくなるのである。当然、作業の能率は落ちる。そのまま作業をつづけて怪我をしたら、大変だ。お互いにかばい合って仕事をする。帰りには肩を組み支え合う。

鳥目の状態をロシアの監督も察して人参を配ってくれた。洗った人参が地下貯蔵庫に保管してあり、配られるが早いか、そのまま生で、ぱりぱりと音をたてて食べた。半ば凍ったようで食べやすく甘かった。

「人参って、こんなにうまいもんかね」

「甘いね」

人参は鳥目に覿面《てきめん》に効く。

明日からは監督の「ヴィストラ　ラボータ（急げ、働け）」に追い立てられることはない。

そして、とうとう極寒の日々になった。

「この地方でも零下五〇度を超えるというのは珍しい」

と四人あがりの監視兵が言うぐらいの大寒波がやってきた。忘れもしない、昭和二十一年一月二十二日には零下五二度にもなった。少し歩いただけで顔が痛くなる。そんな厳寒がつづくある日、事件が起こった。

小隊のなかに、戦場からの生き残りの十二頭の軍馬がいた。戦時中には人間同様に、いやそれ以上に大切にされた。輸送力としてである。抑留生活のなかでも、それに変わりはなかった。あるとき、馬用の岩塩を、ひと握り盗んで営倉に入れられた兵士がいた。

いろいろな物資の輸送力となっているなかで、仕事場まで昼食を運んでくれるときは、馬も嬉しそうな顔をしていた。スープの入ったドラム缶をのせた橇《そり》を引っ張り、カッパ、カッパと蹄の音をさせて近づいてくる。みんな歓声をあげる。

「おーい、お召列車がきたぞ、きたぞー」

と、ぐうっとなる腹を押さえて喜んだ。「お召列車」とは食物を運んでくる馬車に対してのお礼の意味で、こう呼んだ。

馬は寒さが零下三〇度になると、二重扉になった畜舎で過ごす。もちろん、零下五〇度を超すこの数日も、馬は畜舎で休んでいた。

その朝、「馬が死んでいるぞ」と叫び声がした。

冬のタイガ地帯（武川俊二氏撮影）

みんなが小舎から飛びだして畜舎に走った。十二頭の馬が折り重なるようにして、足を真っすぐに伸ばしたまま死んでいた。体の上に薄氷が張っていて、白い薄布で覆ったようだった。

ロシア兵は労働力を失ったと歯ぎしりをして怒った。私たちは、ここまで一緒に生き延びてきた同志を失った悲しみに打ちひしがれて、その場から離れられなかった。

昨夜、係が二重扉を締め忘れ、寒風が吹きこんだためと聞いた。が、係は事の重大さに、すでに姿を消していた。

悪いことはつづくもので、小舎の三十人が赤痢にかかった。下痢のため、さらにやつれていく私たちを見て、ロシアの現地人の囚人（ヤークートといい、ロシアの北方からきて現場の仕事を手伝っていた）が、木炭（消し炭）を叩きつぶし粉末にして飲めばよいと教えてくれた。

早速、粉末を作り、一回に湯のみ一杯の粉末を口中で、はふ、はふさせて湯をできるだけ使わず喉を通した。その方が効き目があるというのである。一日十六回も便所に行っていたのに、少しずつ効き目がでて、四日目にはぴたりと止まった。

「ゴーチン　ハラショ（大変よろしい）」

普通のときはハラショですむのだが、ゴーチン（大変）をつけてお礼を言った。機嫌がよさそうなので、こんなに元気になったのだから、早く日本に帰してくれよ、という話をすると、マダムはいるかと聞く。父や母が待っていると言うと、自分たちも同じだと言った。

どんな罪で、この地に収容されていたのかは知らないが、同じ所で働いているうちに、仲良くなった。

捕虜となった兵士は常に腹がすいていた。あてがわれるものが、どんなにまずかろうが、食事のときが一番嬉しい。

一個の黒パンは、その重さによって八、九人ぐらいに分けられる。一人前、一食二〇〇グラムなので、いかに人数分を正確に切るかが問題である。分け前のパンの五ミリの違いに目くじらを立てる。また、どろりとした粥（スープより濃いので粥といった）のわずかな量にも、「おいおい、これは少ないぞ」と言い争う。

黒パンは嚙みごたえがあるので、よく嚙みくだき、どろどろになるまで口に含んでいてゆっくり食べる。実のない粥も、口のなかを三、四回まわしてから飲みこむ。時間をかけて食べる。それが唯一の楽しみだ。

そのように食事をしても、すぐ腹は減ってくる。昼の休憩時間に焚火が許されていた。燃やす雑木は、いつでも、どこにでも山ほどある。焚火を囲んで、お国自慢の話がはじまる。

寒さのなかなので、つい正月料理。

「お前の国の雑煮はどうだ」

「大きな大福餅が入って

収容所での生活（模型。舞鶴引揚記念館図録「母なる港舞鶴」より）

いる」

「甘い小豆がたっぷりだぞ」

「里芋、蓮根、人参、具だくさんの白味噌仕立だ。こんがりとした焼餅の匂い、ふわっとした白味噌の匂い……」

ごくりと唾を飲みこむ。

わっと、みんなで笑う。

「せっかく、ふるさとの餅（空想の餅）たらふく食ったのに、笑うとまた腹が減るぞ」

「ああ、食いたい。俺はぼた餅がいい」

また、みんなで笑う。

焚火の煙が、ふるさとの焚火の煙のように温かくみんなを包む。

死と隣り合わせの毎日だから、生きることしか考えない。

生きることは食べることだ。


材木の運搬中に怪我をした兵士に付き添い、医務室に行ったときだった。兵士が足を地につけられないほどの痛みで、歯ぎしりして呻いていたので、前に順番を待っていた兵士が声をかけてきた。

「先にどうぞ」

と順番を譲ってくれた。言葉に筑後訛りがある。思わず、

「ふるさとは」

と尋ねた。

「福岡県、羽犬塚であります」

同郷であった。

八女から木佐木村の八丁牟田の祖母の家に行く途中に「富久」という所を通っていく。よく通った道なので（羽犬塚から八丁牟田まで約六キロ）、道端の家並みも、田んぼの様子もうろ覚えしていた。

「あの大きな松の木のある家ですか」

二人ともびっくりした。

田中君といった。田中君は八丁牟田に知り合いがあり、私の親戚なども知っていた。十歳年上で、召集で北満にきてシベリアに抑留された。山奥で伐採中に腰を痛め、ここの治療所にきていると話した。小舎もすぐ近くであった。

一つの収容所には幾棟かの小舎があり、小隊は三十人から五十人単位だ。収容所の大きさにより、本部、食堂、床屋、洗濯屋、靴修理所が設けられていた。

身体検査で一級から四級まで分けられて、一級から二級は伐採などの重労働。三級から四級までは一般作業、軽作業になっていた。軽作業は所内の清掃や炊事要員、またはボイラー炊きや薪運びなどだった。

田中君は、腰を痛めていたので、杵を足で踏んで搗く米搗の仕事という。高粱や麦などを搗くそうだ。破れたズボンの繕い部分に隠して、大さじ一杯ぐらいの米粒をときどき持ってきた。ささいなことでも盗みととられれば大変なことになるのに。

夜はロシアの監視兵がこない。小舎の真ん中で暖をとるために燃やしている焚火の横に飯盒を据え、雑炊を作るのである。米粒だけだと匂いで分かるし、量も少ない。日中の仕事の合間にとってポケットに入れてきた、草や木の根を米と混ぜてぐつぐつと煮る。馬鈴薯の屑薯でも、うまく拾えたときは楽しみだった。

半年ぐらいして、田中君は腰の痛みが治ったのか、他に移動して行った。寂しくなってしまった。

## 春、そして夏

厳しい寒さがつづいたシベリアの地にも季節が移り、五月になると待ちに待った春がくる。

雪が少しずつ解けてきて、地面が見えてくる。その地面にやわらかな青みがさす。

六月になると一斉に花が咲きはじめる。エゾマツの森、白樺の林、その間を蛇行して流れる川の流域や辺りの湿原は花の野原となる。

紫や黄色のアヤメの花は日本の花より小さめだが、自然の群生には目をみはるばかりだ。白い可憐な花、スズランも見渡すかぎりだ。風にのって、清々しい匂いがしてくる。

作業の合間に出会うこのような風景も、ゆっくりと見ることはできない。そして、六月も下旬になるとすぐに夏に向かう。花にかわって、野面は鮮やかな緑となる。

大陸性気候の、この地の夏は短いが、真昼の太陽はじりじりと照りつけた。一気に伸びた草刈りをする。横並びになって柄の長いロシア鎌で草を刈っていく。

草を刈っていると蛙がぴょんと跳びだしてくる。日本の雨蛙の倍ぐらいはある。鎌を放り投げて押さえる。捕まえた蛙は、まず皮を剝ぐ。内臓をとりだしたあと、日干しにする。ある程度乾いた方がうまさが増す。焦げないようにして骨まで食べた。

ときどき蛇もでてきた。

「それっ」

と勢いづいて捕まえる。斧の先で手早く頭を落とし、ぴりっと皮をむく。身は真っ白だ。なめらかな身を適当な長さに切り分けて、これは、すぐに焼いた。白い肉片が赤みを帯びてジリジリと汁を落とす。

作業所の近くでは、夏でも焚火をしていた。体調を悪くした兵士は焚火番をした。水を飲めないので常時湯を沸かす。湯を沸かすのも一つの仕事だ。蛇を焼き上げて、少しずつ分けてくれる。これも、監督の回ってこない、その時間を見計らってのすばやい仕事の一つだ。いつも飢えている兵士を助けた。

蛇や蛙を捕まえようと草むらに入りこむとブヨに食いつかれる。瞼や唇も腫れ上がり、痒くて始末に困った。追っ払っても追っ払ってもついてきて煩わしかったが、冬の寒さよりはまだましである。

ブヨは密林で発生し、雪が解けだすと一気に仕事をしている場所に押し寄せてくる。形はハエに似ており黒茶色、草地や水辺にも多く、雌は人畜の血を吸う。

シベリアは広大である。何事も大きい。花の群生、それに、これらブヨの大群だけでも、大地に圧倒されそうである。

もう一つ楽しみがある。

荷運びの途中、農場の横を通って行く。先は地平線へとつづく広い農場は馬鈴薯畑である。なにかの塊に見えるのは、機械で堀り上げたときに取り忘れた、土のついた馬鈴薯だ。

ひと冬を雪の下で過ごして、そのままの形だ。そっと外皮をむいてみると、中は真っ白な澱粉となっている。外皮が破れないように手拭いに包んで持ち帰る。

さあ、夜が楽しみである。小舎の中央の焚火で湯を沸かし、アルミの食器に馬鈴薯の澱粉と砂糖を入れ、熱湯を注ぐと葛湯となる。ふーっと息を吹きかけて、ゆっくりとすする。薄甘い、ほのかな味に生き返った心地になる。

私は煙草を飲まないが、配給の煙草は、煙草好きがいらない砂糖と交換していたので、いつも、そっとしまって持ち合わせていた。

兵士に配給される煙草は、茎の部分を刻んだもので粗悪品だったらしく、現場監督が吸いかけの煙草を投げ捨てると、われ先にとそれを拾い、唇が火傷しそうになるまで吸っていた。いかにも至福のときというように。


いつも飢えながら、一年が過ぎた。

飢えと重労働のために、次々に倒れていく仲間たち。いつか我が身と思いながらも、こんな生活に慣れていく。

本来、人間には慣れるという性質、また順応性があり、どのようなことにも抵抗力がついてくるものだ。それを実証するように、生まれついてより寒さのなかで暮らすロシア人は、日本人が弱音を吐く零下三〇度より、もっと低い零下四〇度でも平気に暮らしている。もちろん、カロリーの高い食物、暖房設備の行き届いた点もあろうかと思う。

だんだんと仲間同士で会話が増えてくる。気晴らしを考え合う。意地の悪い監督順に、赤鬼、青鬼、白鬼と渾名《あだな》をつける。

「おーい、赤鬼がきたぞー」

と伝言がくる。赤鬼は粗暴で、私たちをスコップで叩いたりする。一心不乱に働く振りをする。

「ラボーター　ハラショ（よく働く）」

と監督は上機嫌に通りすぎていく。

「ワッハッハッハ、ワッハッハ」

大声で喜ぶ振りをする。腹のなかでは、このバカヤロウと言っているのに。笑いが誤魔化してくれるのだ。

白鬼は、穏やかな人だ。監督は元囚人が多いが、親切な人は政治犯だったようだ。回ってくると小休止をさせて労《ねぎら》いの言葉をかける。

「お前たちも辛抱して働いていれば、すぐに帰れるぞ、まじめに働け」

片言の日本語で言う。

だが、広い国の国民性なのだろう。言葉の使い方に唖然とするほどの開きがある。日本人のすぐは、せいぜい長くて二、三日なのに、ロシア人のすぐは一、二年も先のことで、物事の尺度がまるで違うのである。

すぐに帰国できないことが分かってきた。

「クソデモクラエー」

半ばやけになっている気持ちと、納得のいかない気持ちが、捨て鉢な言葉となってでてくる。

シベリアはタイガ地帯で雨が少ない。日本のような梅雨のうっとうしい日もなく、九月に降る雨は、それがいつしか根雪となって大地は凍る。

珍しく雨となった日、国営地下壕のなかの仕事にでかけた。

地下一〇メートルの所に、地域のための食糧保管の巨大地下壕がある。電力と石油には不自由しない国だ。水量豊かな大河の発電量と大油田の賜物だ。資源の豊富さを見せつけるかのように、地下壕のなかは広く、煌々と灯りがついていた。

地下壕のなかには、収穫時に運びこまれた馬鈴薯、大豆、麦類が貯えてある。積みこんだままだと、馬鈴薯はすぐに腐れがでる。蚕棚のように作られた棚板に広げて整理していく。もちろん、大、中、小と分けていく。最低の屑薯が捕虜収容所で使う食糧となる。運びこまれた量によっては夜中まで作業はつづくのである。

疲れ果て、ぼんやりした頭でつい、指先ほどの馬鈴薯をポケットに入れる。夜食に隠し持つのは山ほどの馬鈴薯のなかの、ほんの二、三個、それがままならぬのだ。隠したふくらみを監視兵に見つけられると、とことん銃の先でつつかれ、次の日には苦役が待っている。

二十人全員の責任だ。苦役は材木運びとなっていた。雨の日に合羽を着けて重たい材木を運ぶのは容易ではない。痩せこけた肩に食いこむ重さ、泥濘《ぬかるみ》に足をとられ滑り、材木の下敷になりかねない。担ぐ相手と気を合わせることが肝心だ。

エゾマツ、トドマツの材木を、直径三〇センチ、四〇センチと分け、使用時の寸法に合わせて長さ七〇センチ、一メートルと切り揃える。残りの切れ端や曲がった部分は適当に切り揃えて収容所内の暖をとる薪として貯めて、小舎に持ち帰る。

地下壕の電力消費と小舎の焚火は、比べる方が無理というものだが、あの地下壕の電気の光はすごい。

ここでは貨車も石炭ではなく、薪を燃やして走っていた。ときどき、前ぶれもなく集合がかかり、貨車の止まっている所まで薪を運ぶ。トラックに積みこみ運ぶときもあり、近くの場合はトロッコや一輪車みたいなもので、列をなして運んだ。

夜中の作業の場合、翌日の午前中は休みになることもあったが、なにせ空腹で眠れない。眼を閉じて、ぼた餅、饅頭、団子と、食べ物の名前を呪文のように唱えた。

作業のときは常にノルマに追い立てられた。

ノルマとは、ロシア語で基準量のこと。

各産業、業種、作業について、極めて細かな単位、時間に割りふりされていた。どんな場合も、基準量を単位時間内に遂行しなければならない。そのために、どれほど監視兵が「ヴィストラ　ラボータ（しっかり、働け）」の罵声を浴びせたことか。

## 再びの冬

二度目の冬も厳しかった。

零下四、五〇度になると、作業中止となり小舎で過ごす。小舎の中央の焚火にどんどん薪をくべて暖をとり、それぞれに自分のしたいことをする。虱※とり、繕いもの、焚火に手をかざしながらの四、五人での故郷話。隠し持つ馬鈴薯をとりだして雑炊を作ったりしている。

**虱**　虱は雌の方が大きく、羽はなく、頭の上部に一対の単眼と触角があり、下部にある口には刺し針がある。三対の足の先はかぎ状で哺乳類に寄生し、その血を吸う（『広辞林』より）。

私は英語の本のページをめくってみた。英語の本は岡本君に借りたものである。岡本君は小舎に一緒にいる一兵士で、寝台が横である。大学教授でドイツ語に堪能だったので、収容所の医務室で医者の手伝いをしていた。私たちが山へ伐採に行くとき、彼は医務室の仕事にでかけた。そこから英語の本を借りてきてくれたのである。

勉強のための紙は白樺の木からとった。白樺の木は二〇センチぐらいの輪切りにして、樹皮を薄く剝ぐ。それを指先でより薄く剝いでいく。器用な人は五、六枚は剝ぎとっていたが、私はせいぜい四枚ぐらいだった。

その紙に筆記していき、岡本君に添削してもらった。紙はすぐに乾いて、くるりと巻いてしまうので、手早く筆記をする。筆記具は炭素棒。工事をしたときの余りが転がっていた。筆記したものを読み返し（発音の練習）ながら焚火のなかにくべていく。

こんな日は、みんなに収容所の生活をひととき忘れさせてくれるが、天候は変わりやすい。また、水や食料などを運んだ馬の凍死で、雪を解かしての生活水（炊事場の水など）作りや食糧運びの仕事が重なった。

それにしても、零下何十度のなかで、マスクもせずに、平常のように振る舞うソ連兵の強さには驚くばかりである。

「本日虱退治」の伝言がくると、兵士たちは大喜びした。虱退治は、即、休日だ。「仕事着がない」ということになる。仕事を休んで、所持している衣類のほとんどを、小隊ごとに乾燥小屋に持って行く。月に一回程度の割合でそれがあった。

板塀の小屋のなかは厚い土壁になっていて、四間四方の二十坪ぐらいの乾燥室になっている。金具が通してあるので衣類をびっしりとつめてかける。一〇〇度ぐらいの室温にする。

衣類とは、防寒用の分厚い作業服などである。洗濯はせずに、乾燥だけで消毒もかねることになる。零下でも死なない虱が高温の密閉された室では全滅する。

仕事中は、どんなに痒くても服を脱ぐわけにはいかないので、虱に血を吸われて体がきつくなり、疲れてしまうのだ。仕事が終わり、下着を脱いでみると、丸く太った虱がぽとりと落ちてくる。たいていは、しっかりと縫い目に隠れているつもりで頭を先に突っこみ、血の色をした虱が行列を作っている。

襦袢《じゆばん》や股下《こした》は、中隊ごとに月に二回ぐらい洗濯所にだす。代わりのシャツが配られる。およそ大中小に分けてあるので、体に合うのをとる。全体的に大きかったので、よく、がばがばのを着ているのをみかけた。洗濯所にだすとそこで煮沸《しやふつ》して虱退治をしていたようだ。だが、半月もすると自然に虱は湧いてき

**鉄道線路側溝掘り**　鉄道線路の敷設のため，枕木を運んで並べたり，砂利を突きこんだり，側溝掘りをしたりした（舞鶴引揚記念館図録「母なる港舞鶴」より）

た。

憎い虱は滅され、休日となったので、よい気分で近くの草原に寝転んでいると、伸ばした手の先に、ふわっと触れたものがある。丈の低い茎の先に、小さな桃色の花が、たった一輪咲いていた。

冷たい風のなかに、けなげに咲く花がある。

線路工事といえば、主に線路脇の側溝を掘る。線路は平原のなかを通っている。

六月は花の季節、辺りにはスズランの花が密集して咲いている。川の近くの湿地に菖蒲《しょうぶ》に似た若葉がでていた。あまりのみずみずしさに、食欲をそそられ摘んでみた。

反対側の林に、日本でいうキン茸（キシメジ）が生えていた。誰かがキン茸を手で、すーっと割ってみると、まっすぐに裂けた。

「おーい、これは食べられるぞ」

皆、大喜びした。

昼休みに焚火をし、飯盒に菖蒲の芽とキン茸、岩塩を入れ、ぐつぐつと十分ぐらい炊いた。匂いもよく、おいしい雑炊ができたと、しばし満腹感を味わった。

三時間もたったろうか、皆、腹の調子がおかしくなった。やがて吐き気がきて真っ黄なものを次々に吐いた。気分が悪くなって仕事にならない。夕方になっても、その日のノルマは達成できない。

責任者の私は、夜の食事ももらえずチョロマ（小さな牢）に入れられた。六月といっても夜には冷えこむ。寒くて眠れないので、足踏みして夜明けを待った。そのまま作業に行き、二日間の夜をチョロマで過ごす。

牢の戸のわずかの隙間から守衛兵の燃す焚火の煙がたなびいてくる。煙の乾燥した温もりがありがたかった。

# 第四章　ダモイ

## 生活

食糧不足に変わりはないが、二年を過ぎた頃から、収容所のなかが少し落ち着いてきた。

収容所のなかに文化部ができ、新聞班と演芸班ができた。新聞班は「壁新聞」を作り、掲示板に張った。収容所内の身近な記事だ。

中隊長の交替（ソ連側から見た成績などの理由で）とか、集会の日時の知らせで、たいていは土曜か日曜になっていた。ときには日本の各地の民話が載っていたりする。演芸会に向け誰々の指導により合唱の練習という告知もあった。

兵士のなかには、芸人、職人、教師などといろいろな人がいたので、みんな楽しみにその日を待った。本職の浪花節語りもいたのである。

もう一つ、ソ連側が発行する「日本新聞」※があった。

十日か二週間おきぐらいに集会の号令がかかる。一小隊三十人ぐらい、ときには五十人ぐらいが集められる。日本人が三人か五人やってきて話をする。話というより、檄を飛ばすのだ。大人数のときは野外で行われる。

「日本新聞」　旧ソ連共産党の対日政策の責任者、イワン・コワレンコ氏がハバロフスクで発行したもの。日本兵捕虜の思想改造を行うことを目的とした。

この集会のときに配られるのが「日本新聞」である。普通の新聞紙の大きさで、二人か四人について一枚ずつ配られる。

集会は、まず「赤旗の歌」から始まる。

民衆の旗　赤旗は
戦士の屍《かばね》を包む
死屍固く冷えぬ間に
血潮は旗を染めぬ
高くたて赤旗を
その陰に誓死せん
卑怯者去らば去れ
我等は赤旗を守る

繰り返して何回も歌う。そして、次は新聞記事を読み上げる。

戦争に負けたあとの日本の情況は混沌としていて、政治も経済もひどい状態だ。戦争を引き起こした軍部の行状、その最大の要因である天皇制に対する批判が喧《かまびす》しい。資本家は労働者、小作人に選挙権を与えず人間扱いしないなどと、毎回、同じ内容をまくし立てる。

新聞を丸めて叩くようにして力を入れる。はじめて聞く天皇制批判は、最初は遠くの国の話のようであった。「アクチーヴ」と呼ばれる活動家の日本人が共産主義を称えるのだ。

反動的な態度とみなされると即、吊し上げられダモイ（帰国）が遅れると、おどされていたので、表面は従順に聞き入り拍手を送った。空腹も労働もつらいが、この集会、この新聞には辟易した。

持ち帰った新聞紙を七センチ×五センチに切りさいて指にはさみ、一方の手でマホルカをつかみ紙の手前に並べ、紙を丸めて唾で貼りつけて煙草を作る。マホルカとは煙草の葉の粉と茎を、おがくず状に刻んだものである。煙草としては最低のもので、週に一回、コップ一杯分ずつ支給される。

煙草を飲まない私は物々交換して得た砂糖で一杯の砂糖湯を作り、ゆっくりと飲みながら、友の煙草の煙が消えていくのを眺めていた。「日本新聞」の煙であった。

冷たいベッドに横になると、集会の様子がぐるぐると頭のなかをめぐる。今日の新聞には特高警察への批判が大きくでていたな。ゼネストの云々もあった。

上ずって叫ぶ声。

「帝国主義の手先は生きて祖国に帰すな」

「世界平和の城砦ソ同盟万歳」

多勢の兵士のなかには、新聞に共鳴する人もあり、集会のたびに日本人が日本人を誹謗するようになっていた。恐怖心だけが心の奥に沈んでいく。

月日がたつにつれて、だんだんと収容所内の雰囲気が分かってきた。旧軍隊の秩序を、そのままの形で利用している。勝利者といえど、捕虜の統率のために、この体制しかなかったのだ。

あるとき、将校の食事係になった兵士が、そっと耳打ちした。

「特別室では豪勢なもん食いよるぞ」と。

兵士一人に大豆三粒ずつしか入っていない、薄いスープで飢えを凌いでいるのに、戦時と変わらぬ上下の差別だ。

眠れない。そうだ。仕事の帰りに口ずさんだ歌を繰り返してみる。

金のオーロラ　梢に光る
銀のタポール（斧）　こだまを呼んで
鼻唄まじりで　山坂越える
ドンと踊った　丸太の響き
やろうぜ兄弟　やろうぜみんな
俺とお前と　手と手を組んで

明日の日本をつくるのだ

歌の文句は口から出まかせだが、よくしたもので、誰かが、一つ言葉をだせば、次々と文句はつながっていく。

父ちゃん　母ちゃん元気かね
山の向こうに夕陽が沈む
遠い日本の夕陽は赤い……

同じ集会でも、演芸班によって行われる演芸会は心和むものである。民主教育の一環として行われるので、材料も配給された。およそ着物にそぐわぬ柄ではあったが、美しい色合いは春がきたようで、それなりの着物になっていた。

兵士たちのなかには、呉服屋もいれば仕立屋もいる。役者見習い、教師と、みんなが腕をふるう。白塗りの美しい娘が出来上がり、ねじり鉢巻きの父親、渋い顔つきはおやじそっくり。真っ白なタオルの姉さん被り、優しい母親姿には思わず、「お母さぁん」と声を上げそうだ。雰囲気は上々だ。

しかし、芝居はきまって、地主と小作人の話である。貧しい小作人の娘が家の借金のために売られていく……。

「体に気をつけてぇや」

母親は、よよと泣き崩れる。

「さようなら……」

父親に向かい、深々と頭を下げる娘。

なにもかも忘れて、うっとりと美しい娘（兵士）に見とれていると、

「これが日本の実情だ。こんな美しい娘たちが、毎日、売られていく。世の中がよくなればこんなことはない。娘たちは、お前たちの帰りを待っている。明日から働け、もっと働け、ダモイ（帰国）のために」

嘲笑うようにロシア兵が言う。

次は合唱。

「勘太郎月夜唄」の歌は舞踊つきである。

影か柳か　勘太郎さんか
伊那は七谷　糸引く煙
すてて別れた　故郷の月に
しのぶ今宵の　ほととぎす

ほんものの東海林太郎のようだ。拍手に力が入る。みんなで調子をとっての大合唱になる。ロシアの民謡も歌う。

かわいいスリコ　どこへ行ったやら
バラの花よ知らないか　私のスリコ
かわいいスリコよ　茂みのなかに
スリコはどこへも行きやせぬ
安らかに　ここに

だれの訳かは分からないが、心優しい歌で私は大好きだ。白樺の木で上手に三味線を作り、軽やかに伴奏する人、四、五人でグループを作り合唱する人。とても即興とは思えないほど堂に入り、これもまた拍手喝采。

ベッドに入り、目をつむると、家族の顔が次々に浮かんでくる。真ん丸の月が静かにふるさとの村を照らす。

「みんな、おやすみ」

ひとしずくの涙がほほをつたう。

早朝から架橋工事に行く。

橋を架けるのは機械で行われていたので、兵士の仕事は土台の橋桁工事だ。大きな石から小石、生コン運びが日没までつづく。

ゆったりと川が流れている。なんという川だろうか。筑後川の二倍はある。やさしい川面だ。つい、臭い汚れた体を洗おうかと、岸辺に寄り、そっと手をつけてみて飛び上がった。氷のように冷たい川水である。これでは誰も寄りつけない。

こんなに冷たい、きれいな水でも、生水は絶対に飲めない。赤痢の原因となる。抑留当初、生水を飲み、積もる雪を気やすく口に放りこみ、何人が赤痢で死んでいったことか。水は魔物だ。そのために、作業現場では夏でも焚火をして煮沸した湯を飲んでいた。

「一度、煮沸しても、冷えたら飲むな」をみんなで心がけたものだ。

生コン運びでくたくたになった体に、この冷たい水が喉元をうるおしたらと思う。

飲用水として重宝したものに、白樺からとる樹液があった。白樺の木に斧で、八の字をさかさまにした形の傷をつけ、木の葉をすげて飯盒を結びつけておく。

仕事の終わり頃に見に行くと、結構溜まっていた。これは樹液の動く春から夏にかけてである。

白樺の樹林（武川俊二氏撮影）

人は、どんなときでも特技のある者にはかなわない。例えば研ぐことができるのも技術の一つで、毎日伐採作業をするのだから、斧を研がねばならぬ。散髪もそうだ。小舎のなかで座ったり、腰かけたりして楽に（外からはそう見える）仕事ができるのだ。

運び屋（私たちは自分たちを、そう呼んでいた）は号令次第で、時間構わずの労働となる。

号令がでた。そろそろ日暮れが近いというのに。駅舎に行くと、異様なものが目についた。皮が剝がれた冷凍羊が山積みされていた。足を二本ずつ両方から持って担ぎ、トラックに積む。一頭が二〇キロはある。たとえ冷凍とはいえ、体中が羊の油にまみれてくる気がして、作業服はじっとりとなってくる。夜半までつづいた。どこかのロシア人たちの食糧として運ばれて行く。

収容所にも羊の頭が配給される。炊事班長は、たいていの部隊では曹長か軍曹がしていた。五右衛門風呂のような底の深い鉄の鍋に二、三個の羊の頭を入れる。湯のなかに、ぽっかり浮き上がる羊の頭には驚いた。長時間炊いて骨だけをすくい上げてスープにする。

もともと、現地の囚人食としていたそうで、極寒の地に生きる術であろう。なんといっても、多くの兵士の命は、このスープに頼っていることになる。配られたスープが少ないとか、汁の実の大豆がないとか、目くじらを立てて欲しがった。

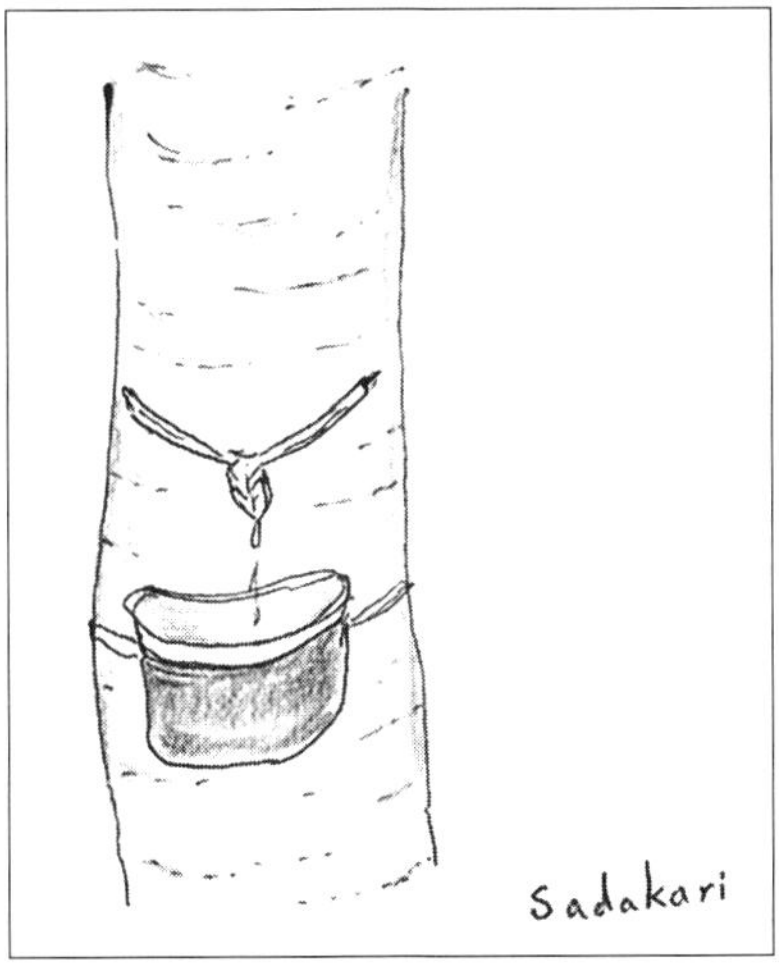


白樺の樹液採取　大木は枯れるともったいないので，若い白樺の幹に斧で幅１センチ，長さ15センチくらいの溝をＶ字型につけ，その谷の所に木の葉をすげておく。３時間ほどで500ccぐらいの樹液が下に結びつけた飯盒に溜まる。少し甘くてスカッとする味だ。今はこの樹液からキシリトールをとるという

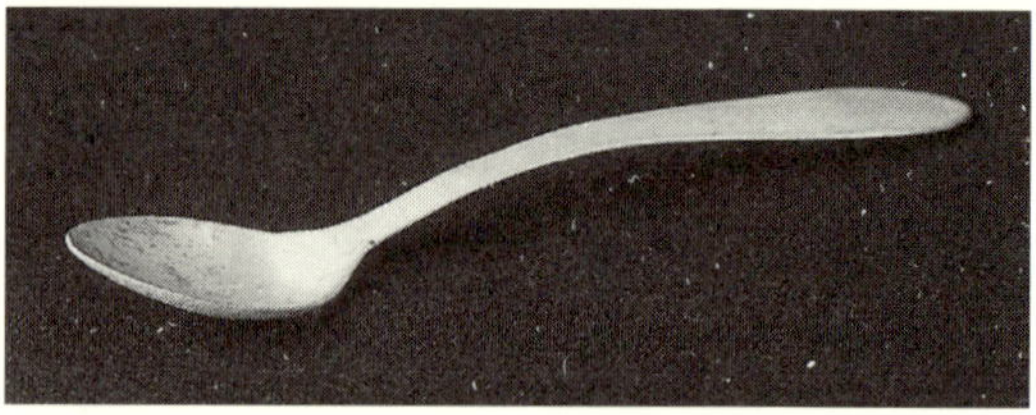
アルミのスプーン　シベリアからの唯一の“おみやげ”

なんの休みだろう。命令がこない。
友人たちは虱とりに夢中だ。身の回りの物を持ち出し、はたいたり、服の縫い目をしごくようにして潰している。私は、友人にもらったアルミの破片を持ちだし、スプーン作りをはじめた。鉄道工事をする際に、いろいろな破片がでると、まるで子どもの玩具のように持ち帰り、ベッドの脇に置いておく。食物は、こんなにしては置けない。すぐに盗まれる。ときどき検査があって、持ち去られることもある。
アルミ破片にイヌ釘の頭の丸みを利用して、丸みをつける。丹念に、こつこつと叩き、形を整えていく。ヤスリをかける。友人の真似ごとだ。ヤスリかけは時間がかかったが、なめらかに、丸みのあたりもすべすべに出来上がった。
とうとう出来上がるまで号令はかからなかった。暖かい一日だった。

## 友との再会

早朝に起床の合図だ。材木運搬という。大型トラックに五メートルの材木を積んで、材木と同乗していく。

行く先は一〇〇キロ離れたコムソモリスクだ。ここは、新都市計画によって新しい町が開けていく所だ。真っ先に駅舎が建った。シベリア鉄道とバム鉄道を結ぶ駅である。

駅舎の前は広場になっていて、その一画が材木の集積場になっていた。荷下ろしの準備があるので、トラックに乗ったまま、しばらく広場の様子を見ていた。風が冷たいので、作業服の襟を立て、目深に被った帽子から目を細くして眺めていた。

そこに見えたのは「甲君？」。まさかと目をこすり見直した。機械を使い、長い材木を器用に台車に移し運んでいる。悠々とした仕事振りは、まるで内地にでもいるように落ち着いている。血色もよい。

思わず車から飛び降りた私は、

「甲君」

と走り寄った。甲君も驚いた様子で、一瞬、片手をあげた。しばらくして、仕事の区切りがついたのか、走って私の所にきた。懐かしさいっぱいで言葉にならない。しっかりと手を握り合った。

「元気か」

「俺は元気。お前も元気そうだ。半年前にここに移ってきた。兵舎はあれ……（真新しい建物を指さして）。山の奥よりずっと待遇がよい」

「よかったなあ。俺はまだ伐採作業」

「気をつけろ。帰るぞ。必ず」

お互いに仕事中なので、話はわずか二、三分である。嬉しかった。体中が熱くなった。

甲君とは、二人して北満に戻ってきたあと、消息は分からないままであったが、このような場所で再会できようとは、思いもよらなかった。それに、甲君は、あのときの技術をかわれて、さっそうと仕事をしている。俺もがんばろうと気合いが入った。

しかし、捕虜生活のなかでも、運があった。一つの場所の伐採を終えて次の場所に移動するとき、もっと山奥に入るか、町に近くなるか。本人にはどうすることもできない。私のように、原野を奥へ奥へと何度も移動して伐採の仕事に携わる者もいる。


八月も半ばとなると、シベリアでは朝から涼しい風が吹く。日本での秋の気配だ。

今日は駅構内の溝掃除という。

シベリアの駅は大きい。広い。材木を運ぶ貨車を四十輌、五十輌も連ねて停車する。用途によって五メートルから八メートルぐらいの材木を積むのだから、貨車の長さは、さすがにシベリアの国の広さを示していた。

駅にくるのは、いつも材木の積み下ろし作業が主だったので、夜中とか早朝の暗がりのなかでノルマに追い立てられての仕事ばかりだった。昼間の明るい時間帯に駅構内に入るのは、はじめてであった。

その広い駅の周りに側溝が掘られている。側溝といっても幅が広い。一〇メートルぐらいはあろう。駅構内から切符なしでは自由にでられないように掘られたものだ。もちろん橋は架かっている。だが、金網の扉がついていて監視人がいる。駅といえども勝手に出入りできぬ規律の厳しさを垣間見る気がした。

構内にはいくつもの側溝がある。十人ずつに分かれて、まず周りの溝から入る。木屑が重なり合い、そこに野菜出荷のときの野菜屑が捨てられて溜まっている。色のよい葉っぱを拾い上げていると、ぴいんと跳ねるものがいる。

よく見ると海老ではないか。灰色で小指の半分ぐらいだが、ぴちぴちと跳ねて元気がよい。水草や野菜屑の間から跳ねてでてくる。

「おーい。エビがいるぞ」

「なにぃ。ほんとか」

「ほうら、エビ、エビ」

半透明の海老をつまみ上げ、一匹も逃がすまいと捕まえていると、ちょうど橋を渡りかかった、学生らしき女の子たちが、はにかむように笑って通りすぎた。誘われるように、こちらも笑い返した。

子どものようにはしゃいでとった海老は二十匹余りだ。夜には拾った葉っぱと海老をぐつぐつ炊いて、ごちそうが食べられそうだ。娘さんの笑顔と活きのよい海老に助けられて、仕事はどんどん捗《はかど》っていく。

あとで日本語の「エビ」というのは、ロシア語で「恋人」と知った。

## イチトダ

三度目の冬が過ぎた。

収容所の兵士を広場に集めての人員点呼は、ソ連兵にとって頭の痛い仕事のようだ。

日本だったら、二列か四列の横列か縦列に並べて「番号」と号令をかけ、終わりの番号に二か四をかければ百人単位でもすぐに計算できる。

ソ連の監督は、五人単位の横隊を作り、二列まとめて十人を一歩前に進ませ、自分は後に下がりながら、

「アジン（一）、ドヴァ（二）、トリー（三）」

と足していく。寒さに震えて、足踏みして列が乱れると、計算が難しくなり

やり直す。二、三十分も人員点呼にかかることもある。だらだらと時間がかかるとき、妙なところで優越感が湧いてきて、こんな野蛮な国で死ねるかと思ったりする。

やがて出発、一小隊で三十人、五人一列の横列で六列なので数えやすい。監督もご機嫌で、意外にノルマも早くこなせるかもしれない。

立て餓えたる者よ　今ぞ日は近し
覚めよわが同胞《はらから》　暁は来ぬ
暴虐の鎖断つ日　旗は血に燃えて
海を隔てつわれら　腕《かいな》結び行く
いざ戦わん　いざ奮い立ていざ
ああインターナショナル　われらがもの

隊列を組むと、いつの間にか、この歌を大きな声で歌うようになっていた。作業現場まで三十分かかろうと小一時間かかろうと、歌いつづけていく。

仕事はレールの枕木交換である。それも、ジョイント（分岐点）の枕木である。この枕木は普通の倍ぐらいあり、三メートルはあろうか。交換する枕木は古くなり湿気を含み、だいぶん重くなっている。二人一組となり、前と後にな

って肩に担ぎ片づけていく。別の場所まで肩に担い、

「下ろすぞ。一、二、三」

と声をかけ合い投げた。

いつものように我田君《わがた》と一緒に投げ下ろそうとしたのに、調子が狂い、先に我田君が投げた枕木の片方が私の左胸下を強く打った。そのまま気を失った。

「おい、おい」

と呼ぶ声に我に戻った。が、息をするのも苦しかった。

「サジスダー（ここに休んでいろ）」

起き上がった私を見ると、監督が声をかけた。一時間ぐらい座りこんでいると仕事が終わった。その間、監督も横の枕木に腰かけてついていてくれた。

日没の早い冬は仕事が終わる頃には暗くなっている。栄養失調で「鳥目」になっている者が多いので、左ききの私は左肩に鶴嘴《つるはし》、右肩に友人の手をのせて暗がりの道を小舎に帰ってきていたが、今日は私が友人の肩を借りることになった。ふらふらと歩いてきた。帰りついて、すぐに診療所に連れて行かれた。

診療所といってもレントゲンの機械さえなく、ただの気休めといった具合だ。痛みの様子から、肋骨にひびが入っているようだと湿布をしてくれた。

かなり熱もあったが、仕事には差し支えないと言われた。

翌日、仕事にでると、みんなが監督に助言してくれたので焚火の番をした。

近くで薪を寄せたり、雪を集めて湯を沸かしたりと力のいらない雑用に回った。

湿布ぐらいでは十日たっても痛みはとれない。なにかの拍子に声もでないほど、きりっと針で刺したように痛む。診療所から、ソ連側の医務室に行くよう指示されて、軍医に診てもらうことになった。

診察してくれたのは女医であった。恰幅はよいが冷たい顔をしていた。きびきびとした口調は、とげとげしく聞こえた。胸部に聴診器を当て、丁寧に診てくれてはいるようだ。やや して、ぽんと肩を叩いて、後向きにさせた。

「スターチ（立て）」

真っ裸でつったっていると、尻の肉をつまんで引っぱった。

尻の肉を引っぱって体力を診るのは、ソ連側の一つの検査方法で、二、三度身体検査で経験がある。体力のあるものは、肌の色に、いくぶんでもつやがあり弾力がある。衰弱していると、たるんでしわしわ、尻が垂れ下がっている。

もう一度引っぱってから、女医は、

「イチトダ（そちらに行け）」

と言い、行けというような合図をした。猫でも扱うような態度に腹が立ち、よろけるように部屋をでた。真っ裸で女医の前にたった屈辱感と痛さが重なり、胸の奥まで疼いた。

しかし女医の「行け」というような合図、これが帰国につながったようだ。

一週間ほど医務室に通った。

## ナホトカへ

コムソモリスク収容所に移された。

コムソモリスクの町は、ハバロフスクの北二五〇キロの新市街で、その地方の拠点都市であった。

早春の五月には草が萌え、木々の芽がふく美しい町であった。六月も中旬になると、いろいろな花が咲きはじめる。スズランや淡い紫のアヤメ、黄色い花菖蒲、七月に入ると桔梗や女郎花、日本にもあるような小さな草花が草原を埋め尽くす。春の花と秋の花がいちどきに咲いて日本を懐かしむに十分であった。

収容所は新しく、清潔であった。今までの所が、あまりにも粗末であったということもある。食事の内容もよくなった。馬鈴薯のスープも濃く、黒パンも十分にあった。なによりもゆっくり食事をすることができた。

どうも怪我をした人や軽症の病人を収容しているようで、作業時間も短かった。ソ連の西部から送られてくる日用品を駅までとりに行き、品目別に分けて整理する。

風呂も一週間に一回入ることができた。今までの重労働に比べると、まるで、夢のなかにでもきたようだった。うすうす耳に入るのは、半病人が多く、帰還要員では、ということである。数週間をのんびりと過ごした。

早朝に集合の号令がかかった。急ぎ身支度をした。あとは通達もないまま列車に乗せられた。どこへ行くのか。まさか逆戻りするのではないだろう。不安が頭をよぎる。

汽車はハバロフスクの駅に着いた。

駅に降りると、駅舎の横にある給食室のような所に連れて行かれ、昼食用のパンと夕食用のパンを合わせて配られた。はじめてソーセージがついていた。パンを配ってきた人のなかに日本人がいた。

「どうして、ここで働いているのか？」

と、そっと口早に聞いた。

「ノモンハンの生き残りです。戦友は、ほとんど戦死した。捕虜になった自分は、もう日本には帰れない。こちらで結婚して、妻や子どもがいる」

と言った。捕虜で生き残れば、こういうことになるのか。これも宿命なのかと、つくづくその後ろ姿を見ていた。しばらくして再び列車に乗った。ハバロフスクを経由して、夜通し列車は走りつづけた。どれくらい走りつづけただろうか。時計がないので、その経過が分からない。

ナホトカ※に着いた。

## ダモイ

「お前たちは、この幕舎だ」
と言われ、五十人ずつに別れて幕舎に入った。ということは、収容所がないというのだろうか。帰れるのでは、と一瞬ひらめくものがあったが黙っていた。誰も、きっと同じ思いに違いない。

　翌日から石運びの作業をする。だが、今までの石運びと全く違っていた。時間待ちという程度の作業で、監督の目も鷹揚だ。幕舎から五、六〇〇メートル離れた波打際まで、二人一組となってモッコで運ぶ。直径一四、五センチの石を積み上げていった。防波堤造りの下準備のようだ。

　青い海の広がりを見ていると、いよいよ帰国が近いのでは、という確信が持てた。が、あれほど口にしていた、
「ダモイ、ダモイ（帰国、帰国）」
という言葉が、誰の口からもでてこないのだ。腹のなかに、じいっと押しこめて黙りこくっている。本能的な保身術である。

　ナホトカまできて、復員船の乗船間際に一方的に帰国を取り消され、極寒の

ナホトカ　ロシア沿海州、ウラジオストックの東にある港湾都市。一九四六年に第一期港湾拡張工事が完了し、軍港都市として外国人の立ち入りを禁じたウラジオストックに代わりソ連極東貿易の拠点となった。シベリアに抑留された多くの日本人捕虜は、この港から帰国した。

収容所に連れ戻された、という話は、どこからともなく伝わってきた。態度が悪い、作業をさぼるとか、そんなことは絶対にないはずだ。心身ともに痩せ細り、気骨だけで生きてきた。では誰かの密告か。なにをどうすればよいのか、考えも及ばぬ。鳥肌の立つ話である。

ただ黙々と石を運ぶ。

十日が過ぎて、入浴の許可がでた。珍しいことだと喜んだ。石鹼が置いてあり、ゆっくりと体を洗った。

山奥の収容所にいた頃は、一度も入浴しなかった。雪を溶かして沸かした湯を洗面器一杯もらい、顔から順々に足まで拭き上げるのだ。それも一カ月に一回、回ってくるかどうかだった。今、ここにいる自分が別人のようである。

入浴を済まし室をでようとすると、入口と出口が別になっている。出口の所で、真新しい下着と作業衣、毛布一枚に、背嚢に似た袋が支給された。

もとの場所に引き返せないのである。ベルトコンベアーに乗せられて次の場所に進むようなものだ。捕虜の身であり持ち物はないに等しい。だが、長年着ていた衣類は、襤褸《ぼろ》は襤褸なりに、胸のポケット、ズボンのポケットも自分で繕っており愛着があった。そして背嚢には、破れそうになるまでつめこんだ拾ったもの、作ったものがあったのである。

支給された品物をまとめて、今までいた幕舎とは反対側の急造されたバラックの建物に向かった。帰国事業が順調に進みはじめたのか、幾棟かの建物ができていた。引揚者用に準備された建物のようだ。

建物に向かう途中の左手に港が見える。埠頭あたりに船が停泊しているのが見えた。いよいよ帰国が迫ってきた。胸が高鳴る。

室には、一人ずつ数えられ、確認されて入った。窓には金網が張りめぐらされていて、無断の出入りはできぬようになっていた。机上に名簿が置いてある。帰国兵名簿のようであり、自分でその名簿から名前を探しだして伝える。ロシア人と日本人二人で確認した。帰国できるということを口外するな、というように目で制された。

喜びのあまり、ここで気が触れたり、倒れて、そのまま死んでしまったりという話も、それとなく伝わっていた。そのことを防ぐためか、手続きは威圧的で冷静になされていた。

しばらくして名前が呼ばれ、細長い用紙が渡された。

名前　　貞刈惣一郎

本籍　　福岡縣八女郡岡山村大字今福六五〇―二―二

帰還先　　右に同じ
入ソ日　　一九四五年十月一日
以後　　　シベリア生活
　　　　　森林伐採、シベリア鉄道工事の中で枕木交換、石運び

その他収容所内での組織には、あまり触れなかった。

用紙の書きこみが済み、帰国が目に見えるようなのに、誰もそのことに触れない。

翌朝、いつものように朝食をとった。黒パンをかじり、どろりとした粥をすすった。収容所の塩汁のような薄いスープが頭をよぎる。ときどき覗いた、羊の頭をドラム缶のような大鍋でぐつぐつと形がなくなるまで炊いていた光景が浮かぶ。

ニシンが一匹ついていた。心のなかで、これがシベリア最後の食事かと思った。北の海から川を上ってくるニシンを捕まえ、穴を掘って貯蔵すると、地中が凍っているので冷凍ニシンができる。頭から残さずに食べた。あれで命を長らえたような気もして、思いもひとしおだ。

今朝も頭から残すところなく食べた。

やがて集合を知らせてくる。下着や毛布などを背嚢に似た袋につめた。着帽

し整列して歩きだした。三〇〇メートルぐらい歩いて、ロシア人とその通訳のいうとおりに順々に並び、再確認されて前日と同じ事柄を書きこんだ。コムソモリスク収容所からの名簿と首っ引きで合わせているが時間がかかる。このナホトカには各地の収容所から千人ぐらい集まっているらしい。引揚船一隻に対する人数に合わせているようだ。

また順番を待って並ぶ。最後の検査だろうか。ゆっくりと列が動いて、すぐ前にいた人が直立不動の姿勢で落ち着いた声で、

「スギモト」

と名乗ると、ロシア人が手を横に振って「ＮＯ」という合図をした。と同時に、

「ムラチレチナント　プローポ（少尉、悪い）」

「プレーボ（連れて行け）」

高い語尾が胸に突き刺さるような声だった。その人は、がっくりと頭を垂れて引き返した。なにがどうなっているのか分からない。調査書によるものか、それとも密告か。密告には、日の丸組、赤旗組、親ソ組がいて、また秘密警察員らしきも交ざり、一人ひとりに監視の目が注がれている、と聞いていた。ここまできて、また収容所に戻りたくない。緊張する。

順番がきた。

「サダカリ」

力強く、はっきりと名乗って深々と頭を下げた。ロシア人の声は早口で、緊張しきっていた私は、なにを言われたのか分からなかった。

「乗船」

と横にいた日本人が言った。頭が真っ二つに割れた気がした。

無事通過だ。

また順々に列をなし、船のタラップの下にきた。係の日本人が、小声で、

「お疲れさまでした」

と言った。心優しい日本語を聞いて、じいんと涙がにじんできた。もう大丈夫だと確信したが、下腹に力を入れて表情一つ変えないでタラップに足をかけた。

揺れるタラップを一段、二段と踏みしめて上りつめた。振り返ろうか、このまま船室へ向かおうか、一瞬迷った。二度と見たくないシベリア……。だが、まだ残されている兵士がいる。雪のなかの穴に埋めた戦友がいる。ダモイ、ダモイと呪文のように唱えた戦友たちだ。自分だけ帰るのは申し訳ない。

〝さよならを言わねば、さよならを言わねば〟と胸がいっぱいになる。

「さようなら」と振り返った。二度と見ることのなかろうシベリアの大地、そこに眠る無念の戦友たちに向かって……。

係員に誘導され船室に入った。

船の名は英彦丸。まさかと目を疑った。

八年前に召集されて門司港から大連に向かったときと同じ名前の船である。埠頭でも、その名は見えていたろうに、そんな余裕がなかったのだ。


船室に入って、やっと帰国が現実となった喜びがひしひしと胸に迫った。誰一人として、知った者はいない。しかし隣同士互いに、

「生きて帰れますね」

としっかりと握手し、行き合う者たちも、

「おめでとう」

と喜び合った。

船室の台の上に、日本の新聞や雑誌が置いてあった。「家の光※」がある。裸電球の下の卓袱台。その上にいつも置いてあった「家の光」。思わず手にした。

占領下の日本の暮らしは根こそぎ変わっていると思っていた。が、雑誌の頁をめくる限り、さして変わらない様子が窺えた。新聞を手にした。九月からの新制大学の編入試験の要項が載っていた。こんなこともあるのかと思いながら、幾度も読み返した。

※「家の光」　農業・農村文化の向上を目指す「家の光協会」が発行する家庭雑誌。平成十七年五月に創刊八十周年を迎えた。

思い返せば、上京して夜学でもよいから大学に進みたいと、必死に思いつめていた。上京したら、まず仕事、仕事に慣れたら夜間の大学を受けようと勉強に精出していた。

引揚船英彦丸　ナホトカから舞鶴まで，この船に乗った。記録では2100名が乗船している（日本郵船歴史博物館所蔵）

あの頃を思いだしていると、頭のなかが冴えてきて眠れはしない。眠れないまま甲板にでた。船は暗闇の日本海を舞鶴に向かって、真っしぐらに進んでいた。夜明け近くになったらしい。

「おーい、日本が見えるぞ」

誰かが叫んだ。刻一刻と、薄皮を剝ぐように島影がはっきりしてきた。

手を振った。声がでない。声より先に涙があふれる。甲板は人でいっぱいなのに静かだ。海原の彼方を指さしながら、みんな泣いていた。

昭和二十三年七月二十二日午前七時、舞鶴港※に入港した。

**舞鶴港**　日本海に面した京都府舞鶴市の港。明治三十四年、大日本帝国海軍舞鶴鎮守府が置かれる。第二次世界大戦後は十三年間にわたりシベリアなどからの日本人引揚者の受け入れ港となった。敗戦時、軍民合わせて約六六〇万人以上の日本人が海外に残っていたが、舞鶴港での引揚人数は延べ六十六万四五三一人である。

【歴史背景④】

## シベリア収容所

ソ連は日本人捕虜約六十五万人を、第二次世界大戦で荒廃した自国の復興に充てるためソ連領内に移送しました。収容所は、東は沿海地方から西はモスクワ近郊まで大小一八〇〇カ所以上に及び、重労働や極端に悪い食糧事情、病気、厳しい寒さなどにより約一割に近い六万人が犠牲になりました。収容所にたどり着くまでに亡くなった捕虜の数は不明ですが、本文にあるように相当な数に上るようです。

日本軍捕虜のなかでもソ連軍に激しく抵抗した東部国境の第三軍と第五軍の捕虜は、シベリアでも特に厳しい労働に従事させられているようです。シベリア鉄道のさらに北側に計画されたバム鉄道建設がそれです。建設には約十五万人が投入され、特に犠牲者が多かったといわれます。惣ちゃんもタイガ地帯の奥深い収容所を転々としながら「ダモイ（帰国）」を信じて生き抜きました。

ただソ連の国民一般も、第二次世界大戦下、また穀倉ウクライナの大凶作による極端に悪い食糧事情のもと、厳しい生活に耐えていました。また、スターリン独裁下のソ連全土で強制労働させられていた人は、ソ連人はじめドイツ軍捕虜など一千万人以上に及んでいたといわれています。

どんな戦争にもお互い大義名分という開戦の論理があります。しかし戦争の悲惨さは論理を超えています。戦争は、愛国心の発露であるとともに、常に国家による犯罪であることから逃れられません。この本一冊のなかだけでも敵味方数十万の犠牲者が積み重なります。その分市民の悲嘆や憎悪は膨らみ、復讐の連鎖はつづきます。

ヨーロッパ戦線で多数のソ連兵捕虜を虐待・虐殺したドイツ兵たちは、形勢逆転するとソ連の収容所に移送されます。約三一六万人の捕虜のうち約一〇九万人が亡くなったといわれています。

# 第五章　教壇に立つ

# 帰郷

入港はしたが、なかなか降りることができない。人員が足りなくて、下船の手続きに手間どっているという。そういえば、船室の隅に毛布にくるまったままの人がいた。まさか死んでいるのでは……と頭をかすめたが関わりたくなかった。今までに、乗船したあとで互いの思想の違いをなじり合い、闇の海に投げこまれた人がいると、ひそひそ話に聞いていたからだ。

やっと下船のときがきた。

帰りを待ちわびる人々が群がり、名前を書いた幟を立てて呼びかける人たちがいた。そのなかを引率されて引揚援護局の建物に向かう。本部で、乗船前に提出していた書類と照合され、間違いないことが確認された。

引揚証明書

現金八百円

食糧購入券

を受け取り、外套、靴、毛布、服の上下と下着、マッチ、手拭いなどの日用品を袋につめて手続きが終わった。

消毒液かと思うほどの風呂に入った。臭いはきつかったが、たっぷりの湯に首までつかり、真っ白なタオルで顔をぬぐうと、あらためて生きて戻ってきた嬉しさがこみ上げた。

準備された部屋から、ふるさとに電報が打てるようになっていた。

「ブジ　マイヅルニツイタ　ソウイチロウ」

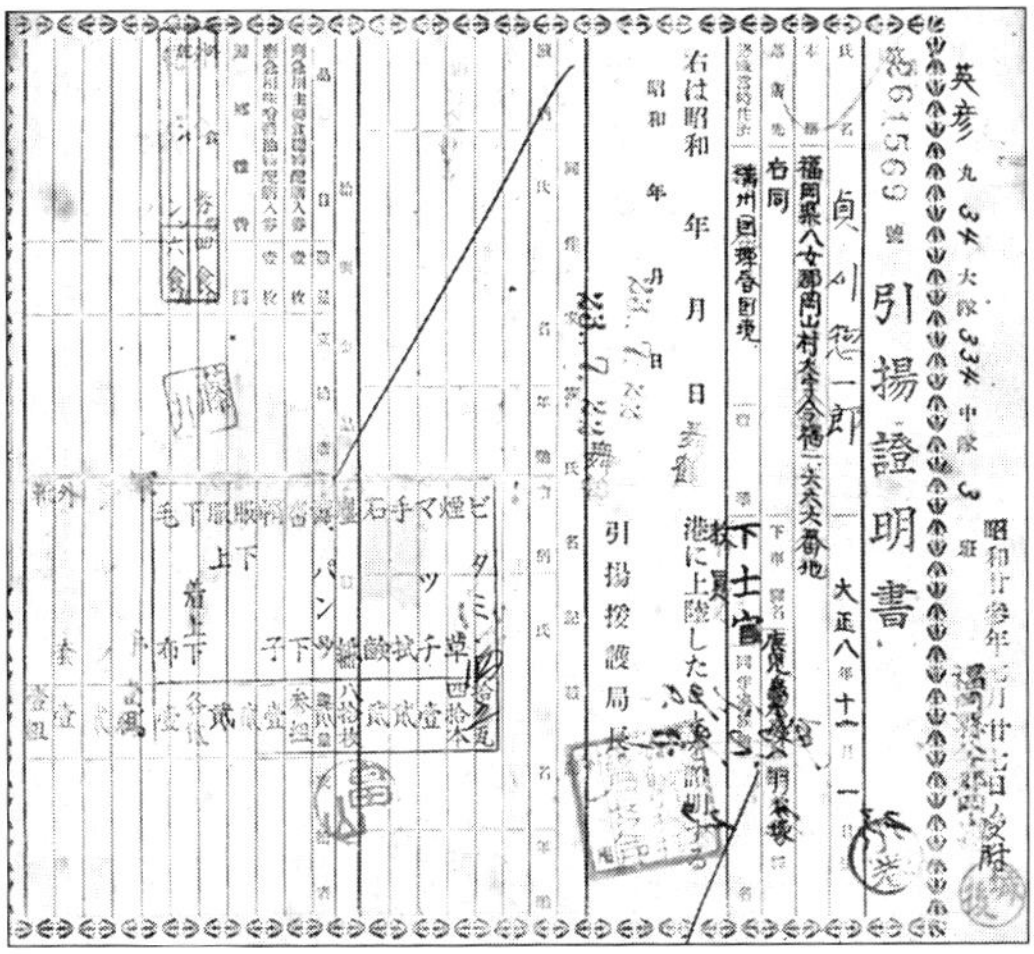
引揚證明書
右は昭和　年　月　日　港に上陸した
昭和　年　月　日
引揚援護局長

引揚証明書

家に電報を打ったあと、体のなかにぽかんと穴があいたようで、気の抜けたボールに似ていた。調書を書いたり、読書したり、婦人会の接待を受けたりした。

一週間がたち、準備された送迎バスに乗り、駅に向かった。

引揚証明書を見せれば、すぐに汽車に乗れた。たぶん急行だったと思う。

腰かけると眠気がさし、どれくらい眠ったろうか、気がつくと窓の外の異様な焼け跡が目に入った。広島だと教わり、原子爆弾※の話を隣の席の人がしてくれた。たくさんの市民が亡くなったという。

　昭和二十三年八月一日午後二時頃、国鉄羽犬塚駅に着いた。父、弟の武幸、重太郎叔父さんがきていた。母のいないことに気づき、まさか、亡くなったのではと思った。

「母さんは」

　それが最初の言葉だった。

「家で、ごちそう作りよるたい」

と父が言った。

　羽犬塚から鵜の池までバスに乗り、家まで歩いた。家に近づくと近所の人たちも集まっていた。そのなかをかき分けて母は飛びだしてきた。

「よう、帰ってきたね」

　あとは、もう言葉にならなかった。ふと、足もとに目がいった。湿布薬を貼っている。電報がきたときに、上がり框を跳び越して、足頸をくじいたそうだ。

「惣ちゃん、惣ちゃん」

　みんな口々に喜びの声をかけてくれた。

「ふーん、この人がそうちゃんか」という顔をして見つめている二人の子ども

**広島原爆**　原爆（原子爆弾）とはウランやプルトニウムなどの原子核が起こす核分裂反応を利用した兵器のこと。人間を無差別かつ大量に殺戮する大量破壊兵器であり、実際に戦争で使用されたのは広島市と長崎市の二回だけである。広島市には昭和二十年八月六日に投下された。爆発に伴って熱線と放射線、強烈な爆風と衝撃波が起き、広島市は瞬時に壊滅した。同年十二月末までに十四万人が死亡したと推定されている。

がいた。シナ子と孝市であった。家を離れている間に妹と弟が加わっていた。

母は鯛の尾頭付きと赤飯を用意していた。

「よかったのう。おっかしゃんは、毎日、惣一に陰膳据えて拝みよらしたたい」

ハナ叔母さんが言った。

がめ煮、胡瓜《きゅうり》の酢のものは母のお手のものだ。炒りおからもある。鍋いっぱいにぜんざいが作ってある。集まった人たちへの振るまいだ。


翌日、昼すぎに目覚めて、早速、村役場にでかけた。途中、岡山山に立ち寄った。頂上からの眺めは十年前と少しも変わっていなかった。南側に飛形山の山並みがくっきりと見え、雲一つない夏空だった。下りる途中、熊野神社で柏手を打つ。その音をかき消すように、蟬が鳴いていた。

役場に行き復員手続きをする。係の人が、

「長い間、お疲れさまでした。軍隊からシベリア抑留までですか。ご苦労さまでしたね。これで軍隊との関係は一切なくなります」

と深く頭を下げられた。

次の日、歯医者に行くと、歯医者さんが、

「よう、こうなるまで放たらかしにされて……。これまで、ずいぶん治療をしてきたけど、こんな歯を治療するのははじめて」

と言われた。

シベリアの冬、凍った土は石のようだ。土方作業のとき、ツルハシの先で跳ね返す土の破片や、石割りのとき、跳ね返す破片で歯が欠けて、それから痛んでいたが、どうしようもなかった。

歯医者は痛み具合に感心するが、こちらはそれどころではなかったのだ。要するに、いつも、どろどろのものを食べていたから保っていたのだと思う。歯と同じく、身体も傷ついていた。妙にふわふわと体が浮いているようで、気持ちとは裏腹に食欲もなく、ときどき胃のあたりが痛んだ。

三日目、片山小学校に帰国を知らせる手紙を書いた。長年の給料のお礼など、早速に挨拶に伺いたいのだが、少し体調を崩しているので、快くなり次第、出向きたい由を伝えた。

すぐに学校から返事がきた。

戦後、小学校の様子も変わり、当時の教員は誰もいないので、後日連絡すると記されていた。

九月二十一日、埼玉県教育委員会教育長を通じて、昭和二十三年九月一日より翌二十四年三月三十一日までの送金がされてきた。進学を考えてあるなら（おそらく制度が変わり、代用教員はつづけられない）、昭和二十四年三月三十一日付で埼玉県庁に退職願いを提出されるようにと書かれていた。この間、ゆっくり休養してください、との親切な対応に感謝した。

後日、昭和十五年八月三十一日より同二十四年三月三十一日までの給与明細書が送付されてきた。なお軍歴の期間については、復員当時の本籍地の援護課へ照合するようにと細やかに指示されていた。

ときどきの胃腸の痛みは、盲腸の癒着と診断され、もう少し体力ができてから手術することになった。

十月も末になって、こんな状態の私に代わり弟正幸が片山小学校にでかけてくれた。教員宿舎の押し入れに、ふとん袋がぽつんと待っていたそうだ。

九月には二学期が始まる。学校の事情を尋ねなくてはと、水本先生に会いに行った。

水本先生は八女郡黒木町立黒木中学校の校長をしておられた。顔を見るなり、

「元気だったか」

と無事の帰国を喜ばれた。

校長室で、ゆっくりと話をした。

まず一年間、しっかり勉強すること。八年の空白をどれくらい埋められるか。そのために、地元の県立陽南高校の昼間の定時制をすすめられた。学年途中からだし、学校側も事情によっては、より受け入れやすいのでは、との話であっ

た。進学するには卒業証明書がいる。八女工業学校にはすぐ作ってもらったが、長崎造船青年学校とは連絡がとれなかった。

訪ねてみると、学校は原子爆弾※で跡形もなく焼けていた。学校の下に広がっていた旭町の三菱電機工場も魚雷工場も全壊して、飴のように曲がった鉄骨が、その残骸を曝していた。ここでもたくさんの市民が亡くなっていた。昭和二十年八月九日が原子爆弾の投下日という。日ソ開戦と同じ日だ。学校の傍に住んでおられた坂井先輩のご家族も被爆して亡くなられていた。恩師も同様に亡くなられていたが、柳瀬先生が一人健在で、旭町に整理事務所があるからとそこまで同行してもらい、やっと卒業証明書を書いていただいた。長崎造船青年学校は長崎造船技術学校と名前が変わっていた。

願書を提出し、試験を受け三年に編入し、翌二十四年八月高等学校卒業資格をとり、福岡学芸大学青年師範学校二年に編入した。

大学受験に際して、高校の担任だった岩崎先生が身上書に「活　模範生である」と書かれていたのに驚き、嬉しかった。

抑留時代に比べれば、なにもかも夢のようであった。家の手助けをしながらも、ひたすら勉強に打ちこんだ。

※長崎原爆　昭和二十年八月九日、長崎市に投下された原爆。当日の第一目標は小倉市（現北九州市）次いで福岡市、佐世保市、長崎市のいずれかであったが、天候等の理由により結果的に長崎市になったと言われている。七万人以上が死亡したと推定されている。

# 矢部中学校

昭和二十六年三月卒業、四月一日付で、八女郡矢部村立矢部中学校への赴任がきまった。

矢部村は僻地である。福岡県の奥地で大分県との県境にあり、国道４４２号線が矢部村のなかを通っている。人口六千人(現在は二千人を割っている)。国道沿いに適宜な間隔をおいて集落ができていた。福島（八女）から堀川バスに乗り、黒木町を経て矢部村に入ると日向神、飯干、石川内、ここでバスを降りる。バスは村の中心地、中村、宮ノ尾、他の集落を経て終点の柴庵となる。

国道から枝を伸ばすように山道があり、その山奥に集落をなしていた。小学校は飯干小学校、日出小学校、御側小学校、高巣小学校、矢部小学校と五校あり、この地域から矢部中学校に生徒が集まる。

椎窓均《ひとし》校長に挨拶に行くと、笑顔で迎えてくださった。

「僻地のこの中学校に、よくきてくださいました」

と深くお辞儀をされた。

私も慌てて深々と礼をした。温厚な先生だと思った。

きていただいたからには、必ず三年はいて欲しい。三年とは入学から卒業までの年数で、山奥から六キロ、七キロと歩いて通学してくるので、それぞれの条件をわきまえて、生徒に当たってください。この村には貧しい家庭が多いが、子どもはみんな素直ですよ、と、とつとつと話される。

「貞刈先生は、どんな教育方針をお持ちですか」

と聞かれた。

一瞬、気障《きざ》かなと思ったが、

「一口で言いますと、

〃捨てられて　なお咲く花の憐れさに　またとりあげて　水与えたり〃

玉川大学の通信教育を受けておりますとき、その資料の最初に書かれていた言葉で、ずっと心のなかに温めておりました。この機会を得まして、このような信念のもとに、教育に関わることができたらと思います」

思わず口にでた言葉だったが、

「それこそ教育の真髄です。先生をお迎えして私も嬉しいです」

と言ってもらった。

教員は二十人、生徒は約五百人、四十五人前後の学級が学年ごとの四学級となっていた。二階建ての校舎が南向きに建っている。校庭の東側にある桜が満開だ。花が、風が、そして、みんなが私を迎えてくれるのだ。

校舎の東側斜面に独身寮の五室があったが、椎窓先生が地元の飯干から通勤しておられたので空いていた校長住宅に入った。

住宅は校舎の東端にあり、靴箱が境となって校舎とつづいている。一応、半帖ほどの玄関が南側についていたが、ほとんど靴脱ぎ場の側の台所が出入口になっていた。

当時の矢部中学校

台所（土間）と六帖の茶の間、形ばかりの玄関と八帖の部屋、狭い廊下の先の戸を開けると学校の広い便所とつながっている。一番手前にあるのを使うことにした。
朝、鳥の声で目を覚ます。戸を開けると、すぐ下に流れる日出川のせせらぎ。川石に当たって、小さな飛沫を上げて流れている。川菖蒲の濃い緑の葉が、川水の飛沫に当たってみずみずしい。
スリッパをつっかけて校舎に行く。職員室まで三〇メートル。まず、この室の鍵を開けて二階に上り、場所によっては窓を開ける。やがて生徒たちが三々五々と登校してくる。

先生たちがやってくる。小使いさん（現在の用務員）がいないので、その役割も受け持った。

昼間は「給仕」として、この学校の卒業生石川さんが働いていた。

新任教師は一年間は担任を持たないと聞いていたが、二年二組の担任となった。欠員でもあったのだろう。新制中学となってまだ四年目で、教える内容も変更されたりと、落ち着かぬ雰囲気もあった。

英語を三学年とも受け持った。

国境警備の満州でも、ときおり開いていた辞書を懐かしく思いだした。形ばかりの教育は受けたが、独学に近い英語である。生徒に教えるには、まだまだ不勉強だ。それに、文法、訳読が中心の教え方から、聞く、話す、読む、書くの新指導要領に変わっていた。

ＮＨＫラジオ第二放送で英会話講座を聴いた。もちろんテキストも用意して、朝、夕の二回ラジオの前に座った。

例えば「カナリヤ」は「キャナリー」とアクセントをつけて発音する。イントネーションに苦労する毎日だった。

複数は「キャナリーズ」と発音が難しい。あたりまえのことだが、よく聴いて覚えるしかない。

まだ珍しかったテープレコーダーを買った。教材費などないので、自分で買い教室に持ちこんだ。ソノシートも次々に買い揃え、五十分の授業時間に教えきらずに放課後も指導した。繰り返し繰り返しテープを聴かせ、さらに覚えさせるためにテストもよくやった。

「登下校のときも暗記するぐらいなけりゃ覚えきらんぞ」

いつも励ましつづける私に、いつしか「サダテスト」と渾名がついていた。

授業風景

家庭訪問がはじまった。

まず遠方からにきめて、横手の楠《くす》さんと増永さんの家に行くことにした。前もって知らせておき、生徒が帰るのに同行する。三キロぐらい杉山の丘を登ったり降りたりしてきた所で、一軒の家に立ち寄る。

「先生、ここは提灯を預ける家です」

と教えてくれた。冬場に世話をかけるのだ。

冬、朝でかけてくるときは、まだ暗い。みんな提灯をさげてくる。帰りも、この家あたりで暗くなるので、提灯をつけて帰るのだという。こんな話を聞くのも僻地ならではだ。

家に着くと野良着の両親がでてこられた。

「ちょっと待っててください」

と奥に入られて、羽織がけのよそいきに着替えられ、両手をついて挨拶なさる。

「こんなにしていただくと私は困ります」

と言うと、神棚を示して、

「先生は、神様の次に大事なお方です。朝はようから晩方まで子どもを預けまして、ほんにありがとうございます。山に入りますと、一日中、家を空けておりますので、ありがたいことですが」

との褒め言葉に、身の置きどころがないとはこのことかと思った。夜はここに泊めてもらうことになる。

「さあ、さあ一杯」

と湯呑みにつがれたのは、お茶ではなく、どぶろくである。手作りの豆腐に、こんにゃく、わらびの煮付もあった。たくわん漬けは、歯切れがよく、風味があった。

翌朝、六時半に家をでて学校に向かった。

矢部村の人々は山仕事が多い。それも、持ち山でなく、山主が黒木とか福島あたりの町にいて、杉の下枝払いとか下草刈りなどの日雇い作業が主になっていた。その働き手を戦争で失った家々もある。

また、近くの鯛生《たいお》金山※で働いたあとに珪肺《けいはい》病※になった人がいて、病人を抱える家庭が多いとも聞いた。山地で、日差しのあたりが悪く、湿気の高い土地柄も一因のようだ。

## 先生への道

村の〝貧しさ〟は学校の教材の不足にも影響していた。各学科の模型、体育道具、図書はほとんどなく、大きなものではピアノもなかった。小学校の分校ではあるまいし、という教員の声はなかなか届かない。村会議員はあまり動いてくれない。

裏山に学校の茶畑があった。生徒が全員で茶摘みして教材の資金を作ろうということになり、毎年つづいているという。今年も、椎窓校長先生を先頭に茶摘みをした。生徒のなかに入って、

「おじいさん、元気かね」

など気軽に声をかけられ手伝っておられる。

**鯛生金山**　明治三十一年、採掘着手。大正七年に英国人ハンス・ハンターが本格操業、日本屈指の金山となる。第二次大戦中は国策により生産を停止し、資材及び要員を三池炭鉱などへ転用したが、昭和二十五年から再開、昭和三十六年には日本第三位の金山に回復した。昭和四十年以降、産金量は下落し、昭和四十七年、操業を止めた。

**珪肺病**　何年間も石英の粉塵を吸いこんだ人に発症する病気。鉱山労働者などに多い。肺に到達した石英をマクロファージなどの食細胞が飲みこむと、食細胞が酵素をだし肺組織に瘢痕化を起こす。瘢痕化した部分では酸素が血液中にうまく移行できず、進行すると肺は弾力性を失い呼吸が苦しくなる。重くなるとひどい息切れ、致死的な心不全を起こす。

一所懸命に働くこと、真面目さを大切にされていると思った。

茶摘みが済むと肥料を施さなければならない。これも生徒がする。学校の便所の汲取りをして下肥として利用する。三年生が受け持つというので私も参加した。裏山なので坂道になる。大変な仕事である。

整列させた生徒の前で職業科の井上先生が力を入れて話される。

「よいか、よく覚えておけ。前足と後足の幅五〇センチ。これくらい（自分の足の形で示される）膝を屈めて指先に力を入れて歩め。

まず汲むとき、柄杓には八分目、それより多いとこぼれて辺りや汲取り桶を汚すぞ。

肥桶には七分目。坂を登るとき、揺れてこぼれるぞ。絶対に守れ。

茶畑の畝には、先からかけて後ずさりだ。かけたものを踏むな。

終わりに桶はきれいに洗え」

作業をはじめると、がやがや話していた生徒は、いっぺんに態度が変わり真剣に取り組んでいる。私も三回、二、三〇〇メートルの山畑の道を上り下りした。

川の岸辺まで下りて行って桶を洗う。二人一組で整列し桶を並べて先生の点検だ。

「こらっ。汚れが落ちとらん」

先生が手に持っていた桶を生徒に被せた。

「きゃっ」

大声はすぐに笑い声になった。

先生の桶は、使っていない川水に濡らしただけの汲取り桶だった。

学校の茶畑での実習

図書室がない。図書室は学校で一番くつろげる場所だと思っていたが、そこまでの設備の余裕がないそうだ。

よし、図書室がないなら学級文庫を作ろう、と思った。昼休み運動場にでて遊ぶのもいいが、友達と肩並べて、また思い思いに教室の後で本を読むことができたら生徒は喜ぶに違いない。

資金作りに石鹸を売ることにした。生活必需品であること。傷まない、扱いやすいなどと学級で話し合い、母親に相談してみるようにと言った。実行するときの会計もきめた。

相談どころか、翌日から注文をとってきて後の黒板に数が書きこまれていく。知り合いに、日用品、雑貨を扱っている人がいたので、一割安く売って、一割五分は利益がでるようにと交渉した。

本は福島町の青木書店から購入した。「中学生の友」「中学の英語」などと、本屋に任せて、教材になることも含めてお願いした。古い本だが寄贈本もあって、三十冊が教室の後の棚に並んだ。いずれ一冊、二冊と足していけばよい。

三時から職員会議がはじまった。はじめから、私への質問である。

「生徒にものを売らせるとは、とんでもないことだ」

「自分の学級にだけ本を並べて、生徒に受けようとは、けしからん」

私は黙って先生たちの意見を聞いていた。受けようなどとは思いもよらぬことである。石鹸を売ることが悪いのなら、あの下肥汲みは、なんなのだ。それが職業科の実習なら、石鹸を売ってみるのも、本を選び、帖面をつけることも実習ではないのか。

「ご意見ありがとうございました。わずかですが、あそこに並んでいる本ははじめから、よければ、全部の生徒に読んでもらいたいと思っています」

新任のつらさとは、いわゆる、でる杭は打たれるということなのだ。

「本は少しずつ増やしていって、よい環境作りをしていきます」

時間をおいてでもよい。私の考え方に納得してもらえればと思った。

ときどき公民館で映画が上映される。「七人の侍」を生徒と一緒に観た。ガーガーと音声も悪く、画面もちらちらして分かりにくかったが、結構、喜んでいた。

娯楽の少ない村では、文化祭もまた楽しみの一つだ。父兄も参加して大いに盛り上がる。一斗樽の大きさはあろう白菜に目をみはる。「チョロギ」という形がホーゼ貝そっくりのものを漬物にしてある。しそ漬で色もよく、かりかりとして歯触わりがよい。木肌も損なわず形の整った、黒々と光るような木炭もある。

私は、担任している学級の教室を使い、箱庭を作った。床に並べた板の上に土を置く。二階なので、廊下や階段を汚さぬよう袋につめて生徒が少しずつ土を運んだ。

枝木で、こんもりと林を作り、山からとってきた苔をはって丘を作る。畑に野菊をあしらい、川を流し橋をかけた。理科室にあった銅線を利用して線路ができ、駅舎も作った。少し上等の玩具の電車を走らせた。舞台裏で電車のスイッチを作動させ、うまく駅舎に停車すると大喜びする。トンネルから電車がでてくると、みんなではしゃぐ。電熱器に鍋をのせ、周りを紅葉で囲い、その間から湯気を立てた日向神温泉もある。

「ほんもののようだ」

とおじいさんが褒めた。藁家、人形、それぞれが生徒の工夫の賜物だ。大きく「展《ひら》けゆく矢部村」と看板を立てた。「協力」ということを生徒は実感したようだ。

「サダテスト」の渾名は、いつの間にか「はりきり先生」になっていた。

三学期に入ると受験の準備に入る。進学は学年から七、八人と少ない。理由は、一番近い黒木高校でも、バス代が嵩《かさ》む。福島高校にやるのには、下宿代まではとても払えないというのだ。

八女工業高校には、少々家計に無理をしても、就職のことを考えると進学させたい希望もあるのだが、こちらは成績がともなわない。例年、補欠止まりで不合格となる。

補欠の生徒を救わねばと思った。ちょうど父が八女工業高校に勤めていたので、学校側に紹介してくれた。登下校に時間をとられ補習ができないこと、能力はあるので入学させてもらえば絶対に学力は伸びること、性格が純朴であることなどを話し、お願いした。職員会議にかけられ、できるだけ、その旨に添いたいとの返事がきた。

次は、普通科の高校に進みたい生徒である。せめて高校卒として社会に送りだしたい。定時制高校をすすめた。たとえ純朴な生徒といっても一番大切な時期である。悪さにも走りやすかろう。住みこむ先の家庭が大事である。気を遣った。

昼間働いて、夜に学校に通わせてもらうのだ。知り合い、友人、そして恩師の家、そこからの紹介された家々を回った。果樹園農家、酒店、薬局、医院など、訪ねた所は、私の気持ちを理解されて協力してもらうことになった。

樋口洋裁学校は、三人の生徒を、いちどきに引き受けられて、家事の手伝いをさせて、洋裁を習得させてもらい、花嫁修業を兼ねたようなものだった。三人一緒の部屋も与えられていて、とてもありがたかった。

何事も、はじめが肝心である。その年の生徒が、よく働き、よく勉強し、それぞれに進級したので、中学校側も一応安堵されて、次の年も、その次の年もと、毎年十人ぐらいは福島高校の定時制に進学した。

矢部中学校時代の家族写真　長女と長男は皆にかわいがってもらった。妹や義父たちと一緒に

入学しても、まだ働き口がきまらないと、その間、実家に預けた。

「あんしゃんのすることは、ほんに……」

とぼやきながら弟の正幸

はよく面倒見てくれた。週末は必ず帰り、住みこみ先を訪ねたが、それでも回りきれない分を弟が助けてくれた。父も母も、一人、二人と連れてきても、なんにも言わずに引き受けてくれた。妹のとし子は料理学校に通いながら家事を手伝っていたので、臨時の下宿人をうまく賄ってくれた。家族の温かさに見守られて、私は存分に働けた。いつしか、五年にもなっていた。転勤先がきまった。

椎窓校長先生から、「ありがとう」の言葉をもらい、先生方から、生徒から、「貞刈先生」と呼んでもらって学校を去ることになった。

トラックには家財道具と一緒に、炭俵が五俵積まれていた。

「せんせい、せんせい」

と、子どもたちが手を振る。私は、炭俵に腰かけて手を振った。トラックが動きだすと、沿道に並んでいた生徒が道いっぱいに広がって叫んだ。

「せんせーい、さようなら」

きらきら光る川面を左手にして、矢部川沿いにトラックはゆっくり走る。生徒の声は次第に細くなる。赴任した夏の夜にはじめて聞いた河鹿《かじか》の鳴く声がよみがえってきた。

語り　貞刈惣一郎
文章　貞刈みどり

# 終章　それから

平成十七（二〇〇五）年八月、「惣ちゃん」こと父、貞刈惣一郎は長男、孫とともに沖縄・摩文仁《まぶに》を訪れた。健児の塔にほど近い一角に父が満州で所属していた独立臼砲連隊の慰霊塔がある。相模原の陸軍兵器学校に向かった父と甲勇蔵さんの二人を除いて、沖縄に移動した部隊のほとんどがこの地で戦死した。※

凍てつく大地から「暖かい沖縄にいける」と喜んで向かった兵士たちを待ち受けていたのは過酷な戦場だった。米軍上陸後、首里から島の南部に敗走する日本軍にもはや指揮命令系統はなく、地元民が避難していた洞窟に兵士たちも潜伏するという混沌とした状況下、米軍に陸と海から攻撃され悲惨な出来事がいたる所で起こった。

わずかに生き残った父の戦友の話では、摩文仁の断崖に潜んではみたものの限られた水場は艦砲射撃の標的となり、幾重にも折り重なった死体の山の中に水を求めるという凄惨な状況だったという。また洞窟の上からはアメリカ軍に馬乗り攻撃をかけられ、逃げ場のない死と直面した極限状況のなかで兵士たちと地元民に起こった地獄の様相は、ひめゆり平和祈念資料館などに見る県民の

沖縄戦　昭和二十年四月、アメリカ軍は沖縄本島に上陸する。六月までの戦闘による戦死者は日本軍七万人、アメリカ軍一万二千人。喜んで沖縄に向かった惣ちゃんの戦友たちもほとんどが亡くなった。何より民間人の犠牲者は十二万人に及び、当時の県民の四分の一が亡くなったことになる。沖縄での民間人を巻きこんでの地上戦の悲惨さは、海軍司令官大田実少将に「沖縄県民かく戦へり。県民に対し後世特別の御高配を賜らんことを」との電報を打たせている。

証言に詳しい。
父の戦友たちも追いつめられどうしようもないなかで最後を迎えられたに違いない。亡くなられたすべての人々を不戦の祈りで弔うばかりである。

父はシベリアから舞鶴に引き揚げて後ふるさと八女で家族と再会した。徴兵後の八年間、一日も陰膳を欠かさなかった祖母キミエの喜びはいかほどであったか想像に難くない。そして父は死んだ戦友たちの分まで頑張って生きようと誓う。二度と戦争をしない平和な日本を創る教育者になろう。これからの子どもたちが自らの夢を叶えられるよう支え、後押しをしてあげたい。そんな思いで父は八女郡の村立矢部中学校を皮切りに、福岡県立久留米聾学校、同若松高校、福岡高校で教壇に立った。

高校は定時制。生徒たちは昼間働き夕方登校して勉強する。父は、昼間に生徒たちの勤め先を回り通学への理解を求めた。新たな勤め先を開拓すべく会社訪問も欠かさなかった。やっと見つけた勤め先を一週間我慢できずに辞めてしまう子も少なくない。でも頑張るしかない。父の靴底はそんな熱意を示すようにいつもすり減っていた。その合間に大学の専攻科に通って不足している知識を補い吸収することにも努めた。

聖書に「神は鳥にえさを与えるが、巣の中には投げ入れない」という一節がある。父が好きな言葉だ。努力と苦労なくして人間の成長なし。平和で豊かな時代だからなおさら。酒も飲まず遊びもせず、そんな思いで生きる父は、小さな子どもにとって怖くて厳しい人に見えた。鞄を忘れて登校することもあった私から見るとことのほか。

おもちゃの刀や兵器のプラモデルも嫌った。自分がしたくてもできなかった勉強をしっかりやって欲しい。遊ぶヒマがあるなら世の中の役に立つ人間になるよう努力して欲しい。人を殺し傷つけるようなものに関心を持ってはいけない。父の前半生からすれば当然の思いも、子どもにとっては煙たく、反抗心をかき立てるものだった。

父は四十歳になり若松に転勤した。住まいはキャベツ畑のなかの納屋を改修したあばら家だった。冬になれば枕もとに雪が吹き寄せ、トタン板の屋根の穴からは星を見ることもできた。もちろん水道もなく、近くの井戸から水を汲んでくるのが子どもたちの日課だった。

高校教諭なのに、なぜそんな家に住んでいたのか当時の私には分からなかった。父は遊ぶことを嫌うし、畑の向こうの社宅の子どもたちはあばら屋の息子を遊びの仲間に入れてくれない。子ども会野球での私のポジションは一塁ベースコーチの横だった。一塁手が捕球できなかった球を拾うのである。畑の周りの雑木林のなかを駆け回るばかりで野球の野の字もできない私を気遣った子ども会役員の方の心配りだった。

ただ、父は怖いだけの人でもなかった。定時制高校では登校してきた生徒にパンと牛乳を毎日配る。牛乳は結構飲まれずに残る。それを鞄に入れて瓶をガチャガチャいわせて帰ってくる。

「今日は十二本も。多かねー」

私たち兄弟はこの牛乳をたくさん飲んで大きくなった。母はその牛乳をたっぷり使ったドーナツを山ほど揚げた。父はそれを学校に持って行き、クラスの生徒たちに配った。

定年となり高校を退職した父は親族に請われて大牟田の明光学園で数年間教壇に立った。定時制高校とは違う心安らぐものがあったのだろう。母親譲りの優しい笑顔がでるようになった。女子生徒たちの投票で「かわいい先生ナンバーワンになった」と照れながら帰ってきたこともある。バレンタインのチョコをたくさん持ち帰った日は皆で笑った。

若松での五年が過ぎ太宰府に居を移してから、父は自分の思いを実現するときめた。当時、社会問題化していた「鍵っ子」の支援をするべく自宅でボランティアをはじめることにしたのだ。筑紫児童図書館の建設・運営である。中二階・二人一間の小さな子ども部屋は取り壊し、二階を大きな図書室にする計画に家族は猛反対。不特定多数の人が家に出入りするのは嫌である。「鍵っ子」のための図書館なんて役所がすればいいことではないか。そんな反対意見もどこ吹く風、図書館はときをおかず完成する。

地域における文庫活動の草分けの一つとなる活動でもあり、計画を知った方たちから本の寄贈もしていただいた。開館の日の父は嬉しそうだった。恩師である水本先生に加えて祖母にまで感謝状を渡したのには驚いたけれど、母子にしか分からない思いがあったのだろう。

昭和五十一年、この図書館を中心にして市内にあった十三の文庫がまとまり、太宰府市文庫連絡協議会を発足させた。それが市民図書館設置運動のはじまりともなった。太宰府市は人口が急増する福岡都市圏の一自治体としてやるべきことも多く、一部の人を除いて議会や行政の賛同を得るのが難しかった。陳情先でこんなことも言われたという。

「太宰府に図書館やら似合わん。お前が車を運転して本を配って回れ」

心ない言葉は雑草の負けん気に火をつけた。それならと移動図書館車購入をお願いして回り、実現にこぎつけた。

筑紫児童図書館開館　昭和43年に私設図書館として開館した。文庫活動の他にいろいろな行事を子どもたちと一緒に行った

「すくすく号」と名づけられた移動図書館車は市民の評判となり、わずか三カ月後には市民に定着した。勢いを得て文庫連絡協議会は毎年〝文庫祭り〟を開催し、図書館建設への市民の理解を求めつづけた。実現したときに市民が利用しやすいものになるよう、図書館設計の専門家を招いたり、先進的な図書館を見学に行ったりして、市に提案もした。

十一年後の昭和六十一年十一月一日、市民図書館開館の喜びを見た。提案も活かしてもらい、使い勝手のよい素晴らしい図書館が完成した。

いろいろな事情を抱える子どもにも豊かな情操づくりをして、しっかりした人間となる鍵を与えたい。どの子も、なにかかけがえのないものを持つ一人の人間として大事に接していきたい。

「偉い人より立派な人に」と書かれた紙が貼られた筑紫児童図書館では、「鍵っ子」たちを集めて寺子屋のような学習指導と読書指導が地道に行われた。「本を借りる人はいませんか。本を読まんと立派な人になれんよ」。子どもたちの賑やかな声に交じって父の呼びかけが響いていた。

いろんなイベントも自主企画した。友人たちの協力を得て、保護者や地元の人を対象にした講演会、家の前に広がる大宰府政庁跡での「星を見る会」等々。変わったところでは戦国武将の慰霊祭。家の裏手には『日本書紀』に記された山城大野城があり、その東端には戦国時代に築かれた岩屋城跡がある。ここで大友家の家臣高橋紹運公がわずかな手勢ながら島津の大軍を迎え撃ち玉砕した。公の没四百年祭の企画委員となった父は、公を顕彰する歌を作詞作曲し、図書館の子どもたちに歌ってもらった。公の子息である立花宗茂公を祖とする柳川の立花家からも参列され、感謝の言葉をいただいた。

五十歳を迎えた頃、父は高校の先輩教諭から大宰府※の史跡解説を依頼される。

**大宰府**　七世紀後半に現在の太宰府市に設置された律令制官庁。九州の行政・司法を所管した。また防人司のもとで国境防備を担うとともに、中国・朝鮮半島との交流窓口機能を担い、那の津（福岡市中央区）に海外使節を接待する鴻臚館が置かれていた。与えられた権限の大きさから「遠の朝廷」と呼ばれ、博多の機能が強まる十二世紀頃まで存続した。長官は「大宰師」といい政府高官が兼ねた。菅原道真や大伴旅人などが有名である。政庁を中心に条坊制による都市が建設され、周辺も含め、現在でも数々の貴重な史跡・文化財を見ることができる。

その後案内を依頼される方が増えるようになった。大宰府史跡解説員のボランティア制度が創られてからは大宰府政庁跡に立ち来訪した観光客に解説をするようになった。修学旅行や会社・団体のグループのなかには父を指名のうえ再訪される方も多くなった。退職してからは四季も天候も問わず案内にでかける。団体バスが次のスポットに移動すると自転車をこいで先回りして待つ。七十二歳を過ぎてからは福岡市観光案内ボランティアにもなり博多の街※にも詳しくなった。歳をとって気が回らなくなり観光客に迷惑かけたりしているのではないかと心配もするけれど、なんとか大きなトラブルなしにやっているようである。

「もっと歴史の勉強がしたいので大学院を受験する」と言いだしたのは八十歳を過ぎてから。このときも家族皆驚いた。しかしこれも止めようがない。大学を目指し上京した頃を思いだしたのか、以前より一時間早い朝四時に起きて猛勉強をはじめた。広告紙や裏紙に黙々となにかを書いて勉強している。

一度目は失敗したが八十二歳の春、父は佐賀大学大学院に社会人枠で入学した。喜色満面なのはいうまでもない。少年時代の夢がかなったのだから。母が赤飯に鯛の尾頭付きでお祝いした。大きな蘭の花が部屋を飾った。しかし私は今後のことが気がかりだった。修了できるのだろうか。実際修了するのに三年

**博多の街**　博多は、志賀島で発見された金印に示されるように二千年以上の歴史を持つ、日本とアジアとの交流拠点である。七世紀の筑紫館・鴻臚館の時代を経て、十二世紀からは綱首と呼ばれた中国商人が唐人街を形成し、その後も神屋宗湛・島井宗室に代表される博多商人により東アジアにおける交易拠点として栄えた。江戸時代に入り武家の街福岡と商人の街博多が共存するユニークな都市となった。明治時代後期の九州帝国大学の設置、第二次世界大戦下での国機関の集積を契機に九州における学術・政治経済の中心都市となり、近年は「海に開かれたアジアの交流拠点都市づくり」を進めている。

かかった。

年寄りが教室の最前列に陣取ってまじめに勉強するから成績は優ばかり。しかし、二年目の冬、やはり無理がたたって父は肺炎になり九大病院に入院する。高い炎症値が下がらず一時は危ない状況になったが、主治医の先生のお陰で命をとりとめることができた。四カ月ほど療養して、もう一年勉強することとなった。一年延びても父は大学に通うことが好きだった。昼休み、明るい芝生の上で研究室の若い友人たちの会話を聞いているのが楽しかった。六十五年遅れてやってきた、あこがれのキャンパスライフである。

指導教官の宮島教授には殊の外お世話になった。高齢の学生は飲み込みが悪いのではないかと思う。しかし本当によく指導し支えていただいた。努力する人を天は助ける。父の生き様を見ているとそんな気がしてくる。

八十五歳で修士となった父は、今、また大宰府政庁跡を中心に解説をつづけている。「博多町家」ふるさと館にも毎月でかけている。依頼されれば宗像・糸島にも足を延ばす。この三十六年間で一万団体、延べ五十万五千人の案内を行った。そのなかには五十二カ国、一四〇〇団体の海外からの人もいる。ただ好きというだけで案内しているのではない。お互いに相手の国を理解し尊重し合えば、戦争をしないですむかもしれない。中国や朝鮮半島との二千年に及ぶ交流の地であった大宰府や博多を多くの人に知ってもらうことは、微力であっても世の中の平和につながるに違いない。それは、満州・シベリアそして沖縄で無念のうちに亡くなった戦友たちに「生かされている」父のささやかではあるが使命であり、戦禍の中で亡くなられた国籍を問わない多数の市民への供養でもある。父はそう信じている。

お医者さんから「程々にしなさい」と注意されながら、今日も元気に自転車をこいで太宰府の案内に励んでいる八十六歳の父がいる。大宰府政庁跡、水城の防塁、大野城跡、観世音寺、戒壇院、太宰府天満宮そして九州国立博物館※……父の眼には古の大宰府の都城が見えているのかもしれない。

最後に、この本は母・貞刈みどりが父から聞き取り、まとめたものです。食卓を挟んで父が語る言葉を数年間にわたり辛抱強く書き留めてくれました。父が断片的に語る事柄を一つの流れとして整理し、読める形にするには相当の根気が必要だったと思います。

九州国立博物館　国立博物館としては東京・奈良・京都に次ぐ日本で四番目の博物館。「日本文化の形成をアジア史的観点から捉える」ことをモットーとして福岡県太宰府市に平成十七年十月に開館した。明治三十二年、岡倉天心が九州における博物館の必要性を説いて以来の「九州の百年の夢」が実現したといわれる。企画・運営の斬新さもあり、連日予想を大きく超える来館者で賑わっている。

満州やシベリアについて記された本は多々あります。もっと大変な体験をされた方も多いでしょう。お一人お一人の経験が次の世代に遺す物語になると思います。また、父たちの苦労は中国・朝鮮半島の人から見れば自業自得なのかもしれません。戦争には、それぞれの経験や立場に基づく思いがあるでしょう。

しかし、「戦争の時代」を語る大きなモザイク画があるなら、父の話にも一片の価値はあると思います。きっかけを与えてくれた子どもの輝之・陽、三世代の語らいの場を作ってくれている私の妻直美。父の図書館活動をずっと支え、本文中の「歴史背景」についても私と一緒にまとめてくれた姉の信子、校正を手伝ってくれた弟の昭仁。義妹の暢代はいつも健康を気遣ってくれています。家族みんなで作り上げた本です。そしてなにより父の自己流の生き方を温かく見守ってくださり後半生を豊かなものにしていただいた皆様やお世話になった方々、母の文章に助言をいただいた篠原治二様にこの場をお借りして厚くお礼を申し上げます。また母の詩画集『花のうた』に引きつづき出版を快く引き受けてくださった海鳥社の西俊明様、田島卓様はじめ制作に協力していただいた畑江万紀子様、写真を快くご提供いただいた皆様に深く感謝いたします。

貞刈厚仁（長男）

## 参考文献・資料

太平洋戦争研究会『図説満州帝国』河出書房新社、平成八年
別冊歴史読本『満州国最期の日』新人物往来社、平成四年
「満洲・北鮮・樺太・千島における日本人の日ソ開戦以後の概況」厚生省引揚援護局未帰還調査部、昭和三十四年
堀内敬三・井上武士編『日本唱歌集』岩波文庫、昭和三十三年
朝日新聞社編『女たちの太平洋戦争』朝日文庫、平成八年
週刊朝日編『値段史年表　明治・大正・昭和』朝日新聞社、昭和六十三年
フリー百科事典「ウィキペディア（Wikipedia）」

＊グラビア及び本文中、特に記載のない写真・図版は、貞刈惣一郎、厚仁撮影・所蔵のものです。

**貞刈惣一郎**　大正８（1919）年，長崎県に生まれる。昭和16（1941）年，召集され満州へ。昭和20年，シベリア抑留。昭和23年，帰国。福岡青年師範学校を経て矢部村立矢部中学校，福岡県立久留米聾学校，若松高校（定時制），福岡高校（定時制）で教鞭をとる。昭和45年，自宅に筑紫児童図書館を開設。平成14（2002）年，太宰府市民文化功労賞を受賞。平成16年，佐賀大学大学院修士課程修了。平成17年，大宰府を中心とした史跡解説ボランティアの案内数が１万団体となる。

**貞刈みどり**　昭和５年，福岡県に生まれる。昭和56年，毎日ペングループ（福岡）の会員になる。昭和59年，短歌誌「朔日」の会員となる。平成７年，毎日新聞はがき随筆年間大賞受賞，平成16年，国民文化祭短歌部門特選などを受賞。著書に，はがき随筆集『茶の花』『桑の実』，詩画集『心のうた』『花のうた』（ともに戸田幸一〔切り絵〕との共著）がある。

私《わたし》たちの百年《ひやくねん》
惣《そう》ちゃんは戦争《せんそう》に征《い》った

■

2006年８月１日　第１刷発行

■

語り・貞刈惣一郎　文章・貞刈みどり

発行者　西　俊明

発行所　有限会社海鳥社

〒810-0074　福岡市中央区大手門３丁目６番13号

電話092(771)0132　FAX092(771)2546

印刷　有限会社九州コンピュータ印刷

製本　日宝綜合製本株式会社

ISBN 4-87415-592-8

http://www.kaichosha-f.co.jp

［定価は表紙カバーに表示］

JASRAC 出 0609256-601